U0114494

閩南語教材(二)

吳傳吉　編著

臺灣　學生書局　印行

無情過客

筆者曾經參觀過波蘭洛次勞奧斯威 OSWIECIM 集中營，此區是二次世界大戰納粹德軍毒殺四百多萬猶太人的地方。當時筆者甚為疑惑為何住在歐洲的民族那麼多，如斯拉夫人、吉普賽人、拉丁人、撒克遜人……等。希特勒為何獨獨對猶太人看不順眼。波蘭導遊（一位華沙大學外文系講師）說：「日耳曼人是個務實的民族，而猶太人當時已經亡國兩千多年，且這個民族好享樂、愛欺詐、對居住生活的社會沒有貢獻，因此希特勒認為這種劣等民族過路客應該消滅。當然其中是否參雜著日耳曼人的優越感就不得而知了。」

反觀我們海外華人因受到中國五千年文化的薰陶，不管到世界那個角落，總想有朝一日能夠衣錦返鄉，榮歸故里，落葉歸根。因而對於居住生活的社會一切事務漠不關心，結果發生過菲律賓排華、印尼排華、以及馬來西亞的排華等等事件。台灣目前的髒亂，交通混雜，社會治安不良，投資意願低落等現象，是否係受到此種過客心態之效應所影響？譬如一般人從乙地到甲地工作，因路途遙遠而暫時租居甲地，經過一段時間有了經濟基礎後，嫌甲地居住環境差而遷離甲地。試想這是否台諺所謂：「生雞卵無，放雞屎有。」之過客心態的一種顯現。甲地如果住了這樣的外來客越多，相信環境一定會變得越糟。因此從現在起我們應該教育下一代，不管到世界那個地方，那個地方就是你安身立命的地方，你有責任及義務參與當地社會的一切事務，使它各方面變得更好，贏得世人對我泱泱中華民族的尊敬。

編著者 吳傳吉 謹識

閩南語教材(二)

目　　錄

第一章　基礎篇

第二章　益智篇

第一章　基礎篇

第一課　學校

hak^b　hau^L

（一）

母：阿明仔，　你那會赫晏去學校

a^L　ving´　a^b　　li`　na　e^ˇ　hia^h　uan`　ki　hak^b　hau^L

　　讀冊？

　　tak^b　ce^b

子：母仔今日阮學校九點即(才)每

　　vu　a^b　gia^n　ji^t　quan　hak^b　hau^L　gau　diam`　zia^h　　ve^h

　　開始開運動會。

　　kai^L　si`　kui　un^ˇ　dong^ˇ　hue^L

母：您學校每(要)開運動會，　你那

　　lin　hak^b　hau^L　ve^h　　kui　un^ˇ　dong^ˇ　hue^L　　li`　na

　　會无給我講咧！

　　e^ˇ　vo^ˇ　ga`　qua　gong`　le^b

子：我 看 你 即 幾 工 攏 眞 无 閒 ， 所
　　qua kuaₙ li zitₜ gui gang long zinᴸ və ingˊ　　so
　　以 即（才）无 給 你 講 。
　　i　ziaₕ　　vəˇ ga li gongˋ

母：您 開 運 動 會 以 外 ， 猶 有 什 麼
　　linˋ kui unˇ dongˇ hueᴸ i quaᴸ　　iau uˇ sim miₕ
　　其 他 令 活 動 ？
　　giˇ ta eˇ uaˇ dangᴸ

子：猶 有 學 校 日 常 生 活 令 相 片 展
　　iau uˇ hakᵇ hauᴸ jitₜ siong sing uaₕ eˇ siong pinₙ dian
　　覽 。
　　lamˋ

母：你 幾 點 即（才）會 轉 來 ？
　　liˋ gui diamˋ ziaₕ　　eˇ dngˋ laiˇ

子：我 上 早 亦 着 下 晡 五 點 即 會
　　quaˋ siongˇ zaˋ iaˇ diəₕᵇ eˇ bo qoᴸ diamˋ ziaₕ eˇ
　　佫（到）茨 。
　　gauˋ　　cuˇ

母：好 ！ 你 緊 去 學 校 ， 事 事 項 項
　　həˋ　　liˋ gin ki hakᵇ hauᴸ　　suᴸ suᴸ hangᴸ hangᴸ
　　着 愛 小 心 注 意 。
　　diəₕᵇ aiˋ siə sim zu iˇ

子：我ㄍㄨˋ知ㄗㄞ 啦ㄌㄚ！　你ㄌㄧˋ免ㄇㄢ 掛ㄍㄨㄚˋ意ㄧˇ。
　　qua` zai la　　li` vian gua` i˅

注：

赫晏：那麼晚。　亦着：也要。　事事項項：每樣事情。　掛
意：掛心，操心。

相ㄒㄧㄥ 關ㄍㄨㄢ 詞ㄙㄨˋ 彙ㄏㄨㄟˋ
siong guan su˅ hui˩

扭ㄑㄧㄨ 大ㄉㄨㄚˋ 索ㄙㄜˋ：拔河。　脚ㄎㄚˋ 足)ㄐㄧㄛ 球ㄍㄧㄨˊ。棒ㄅㄤˋ 野)ㄧㄚ 球ㄍㄧㄨˊ。
qiu dua˅ səʰ˥　　　　ka˩ ziok giu´ bang˅ ia　giu´
藍ㄋㄚˋ 球ㄍㄧㄨˊ。走ㄗㄠˋ相ㄒㄧㄛˋ逐ㄐㄧㄛˋ：賽跑。　鉛ㄧㄢˋ球ㄍㄧㄨˊ。排ㄅㄞˋ球ㄍㄧㄨˊ。
na˅ giu´ zau˅ siə˩ jiok˥　　　ian˅ giu´　bai˅ giu´
柔ㄖㄨˋ道ㄉㄜˋ。體ㄊㄝ操ㄊㄠ。羽ㄨ毛ㄇㄛˋ球ㄍㄧㄨˊ。踢ㄊㄚ錢ㄐㄧ仔ㄚㄏ：踢毽子。
jiu´ də˩　te cau　u mo˅ giu´　ta_t zi_n a_hʰ

(二)

我 是 小 學 六 年 級 令 學 生 ，　　今
qua si siə hak lak ni gip e hak sing gin

年 六 月 底 着 每(要) 畢 業 囉 ！　阮 茨
ni lak qeh de də veh bit qiap loh qun cu

離 學 校 並 无 賴 遠 ，　　差 不 多 一 公
li hak hau bing və lua hng ca but də zit gong

里 尔 尔 ，　　平 常 時 攏 行 路 去 學 校
li nia nia bing siong si long gian lo ki hak hau

上 課 ，　　大 約 行 十 五 分 鐘 。　僅 徒
siong kə dai iok gian zap qo hun zing gan da

雨 來 天 ，　　驚 會 鞋 與 雨 沃 湛 ，　即
ho lai tin gian e ue ho ho ak dam ziah

三 不 五 時 仔 坐 公 車 。　　聽 阮 老 父
sam but qo si a ze gong cia tian qun lau be

講 ，　　伶 讀 冊 令 時 陣 ，　　攏 是 祖 赤
gong in tak ceh e si zun long si tng cia

脚 ，　　行 二 公 里 令 石 頭 仔 路 ，　　若
ka gian lng gong li e ziə tau ah lo na

无 抵 好 踢 着 石 頭 仔 ，　　脚 趾 甲 每
və du hə tat diəh ziə tau ah kat zing gah ve

落、　　每落，　　疼　絡　目屎　強　每　和　出
lak　　veh　lak　　tian　ga　vak　sai　giong　veh　gə　cut

來，算　起　來　伯、即　代　實　在　眞　幸　福。
lai_h　sng　ki　lai_h　lan　zi_t　dai　si_t　zai　zin　hing　ho_k

阮　學　校　是　一　所　歷　史　悠　久，　　校
qun　ha_k　hau　si　zi_t　so　le_k　su　iu　giu　　hau

景　美　麗　令　學　校。　設　備　來　講，　　應
ging　vi　le　e　ha_k　hau　　se_t　bi　lai　gong　　ing

有　盡　有；　　可　比　講，　電　腦　教　室、
u　zin　u　　kə　bi　gong　　dian　nau　gau　se_k

視　聽　教　室、　語　言　教　室、　音　樂　教
si　tian　gau　se_k　　qu　qian　gau　se_k　　im　qa_k　gau

室、繪　圖　教　室　及　學　生　活　動　中　心。
se_k　　hue　do　gau　se_k　gah　ha_k　sing　ua　dong　diong　sim

學　校　內　令　先　生，　　有　眞　多　是　阮
ha_k　hau　lai　e　sian　si_n　　u　zin　zue　si　qun

即　个　學　校　令　畢　業　生。　逐　个　攏　成
zi_t　e　ha_k　hau　e　bi_t　qia_p　sing　da_k　e　long　zia

認　眞　是　教　冊。　不　却　恁　猶　嫌　講：
jin　zin　di　ga　ceh　　m　gəh　in　iau　hiam　gong

一　班　令　學　生　人　數　傷　多，　驚　會　管
zi_t　ban　e　ha_k　sing　jin　so　siu_n　zue　　gia_n　e　guan

顧 加 未 周 至 。　校 外 令 教 學 時 間
go` ka_h vue˘ ziu^ zi˘　　hau˘ qua^ e˘　gau` ha_k si˘　gan

麼 排 傷 少 ，　　无 法 度 通 與 學 生 ，
ma˘ bai˘ siu_n ziə`　　və˘ hua_t do^ tang^ ho˘ ha_k sing

有 加 深 入 令 認 識 及 体 會 ，　　向 望
u˘ ka_h cim^ ji_p e˘　jin˘ se_k ga_h te　hue^　　ng vang^

无 賴 久 ，即 種 進 步 令 教 學 方 式 ，
və˘ lua˘ gu`　zi_t ziong zin` bo^ e˘　gau` ha_k hong se_k

是 台 灣 會 中 普 遍 實 施 。
di˘ dai˘ uan˘ e˘　dang` po pian˘ si_t si

注：

无賴遠：沒多遠。　沃湛：淋濕。　三不五時：偶而。　祖
（同褪）赤脚：打赤脚。　每落每落：要掉不掉的樣子。　和
出來：滾出來。　傷多：太多。　周至：周全。　會中：能
夠。

相 關 詞 彙
siong guan su˘ hui^

教 務 處 ，　訓 導 ，　　總 務 ，　　輔 導 ，
gau` vu˘ cu˘　　hun` də^　　zong vu^　　hu˘ də^

教學組，　　設備，　　註冊，　　訓育，
gau hak$_k$ zo　　siat$_t$ bi$_L$　　zu ceh$_h$　　hun iə$_k$

管理，　　衛生，　　軍訓，　　醫務室，
guan li`　　ue^v sing　　gun^L hun^v　　i^L vu^_ sek$_k$

機械，　　電子，　　電機，　　板金，　　汽，
gi$_t$ hai´　　dian^v zu`　　dian$^v$ gi　　ban gim　　ki`

車修護，　　模具，　　觀光，　　銀行保
cia siu^L ho$_L$　　vo^v gu$_L$　　guan^L gong　　qin^v hang´ bo

險，　　國際貿易，　　資訊，　　會計，
hiam`　　go$_k$ ze` vo^v e$_k$　　zu sin^v　　gue^v ge^v

統計，　　警衛，　　國文，　　數學，　　算
tong ge^v　　ging` ue$^L$　　go$_k$ vun　　so`　ha$_k$　　sng`

術，　　作文，　　自然科學，　　歷史，
su$_t$　　zo$_k$ vun´　　zu` jian´ kə$_L$ ha$_k$　　le$_k$ su`

地理，　　生理，　　物理，　　化學，　　地
de^v li`　　sing$^L$ li`　　vu$_t$ li`　　hua` ha$_k$　　de^v

質，　　氣象，　　天文，　　音樂，美術，
zi$_t$　　ki` siong^L　　tian vun´　　im^L qa$_k$　　vi su$_t$

圖書，　　工藝，　　體育，　　文書，　　出
do^v su　　gang^L qe^L　　te iə$_k$　　vun^v su　　cu$_t$

納，　　庶務，　　校長，　　家長會，　　秘
la$_p$　　su^v vu^L　　hau^v diu$_n$`　　ga$^L$ diu$_n$ hue$^L$　　bi`

書ㄨ，　福ㄈㄛㄣ利ㄌㄧˇ社ㄒㄧㄚˋ，　　合ㄏㄚㄅˊ作ㄗㄛㄣ社ㄒㄧㄚˋ，　　社ㄒㄧㄚˋ團ㄊㄨㄢˊ，
su　　　hoₖ liˇ siaˡ　　　hapᵇ zoₖ siaˡ　　　siaˇ tuanˊ

實ㄒㄧㄠˊ習ㄒㄧㄆ。
siₜᵇ　sipₚ。

第二課　幸福人生
hing˘ ho_k^b jin˘ sing˘

即(吃)食愛營養，襪插看体用，
zia˘ si_t ai ing˘ iong` cing˘ ca` kua_n te iong^L

拼掃着經常，身体都會勇。
bia_n` sau˘ diə_h^b ging˘ siong˘ sin te` də^L e˘ iong`

台灣地土細，人口則爾濟，
dai˘ uan˘ de˘ to` se˘ jin˘ kau` zia_h ni˘ ze^L

出門利便坐，奢易極无底。
cu_t mng˘ li˘ bian^L ze^L cia ia_n^L ge_k^b və˘ de`

孩兒儘量成，興趣由伊定，
gia_n ji˘ zin˘ liong^L cia_n˘ hing` cu˘ iu˘ i^L dia_n^L

運動每日行，萬事一定贏。
un˘ dong^L mui ji_t^b gia_n˘ van su^L i_t ding˘ ia_n˘

注：

即食：吃的東西。　襪插：穿戴衣物飾品。　都會勇：都會健康。　利便坐：有方便的交通工具就搭乘。　奢易：鋪張。

極无底：極不妥當；底即底子；基礎。　盡量成：盡量培養。
運動每日行：每天力行運動。萬事一定贏：各方面一定順利
成功。

相關詞彙

講 古　：講 故 事 。　　吟 詩 ，繪 （畫 ）圖 ，
gong go` 　　gong go` su└ 　　qim si 　　hue` ue` do´

翕相 ：攝 （ ）影 。　搬 戲 ，看 電 影 ，舞
hi_p siong└ sia_p (lia_p) ia_n` 　　bua_n└ hi` 　　kua_n` dian´ ia_n` 　　vu

蹈 ，　寫 作 ，　稿 件 ，　古 董 ，　園 藝 ，
də└ 　　sia zo_k` 　　gə gia_n└ 　　go dong` 　　hng´ qe└

節 目 ，　觀 眾 ，　演 員 ，　心 適 ：有 趣
zia_t vo_k 　　guan└ ziong 　　ian quan´ 　　sim└ se_k` u` cu`

味 。　詫 誖 ：囂張。　好 閒 ：好 奇 。　碌(轆)
vi└ 　　hia└ bai 　　ho_n` hian´ ho_n` gi´ 　　le_k

死 ：累死。　學 者 ，　學 術 ，　碩 士 ，　博
si_h 　　ha_k` zia` 　　ha_k` su_t 　　se_k su└ 　　po_k

士 ，　唱 片 ，　錄 影 ，　釣 魚 ，　行 棋 ，
su└ 　　ciun` pi_n└ 　　lo_k` ia_n` 　　diə hu´ 　　gia_n` gi´

圍 棋 ，　象 棋 ，　棋 盤 ，　棋 子 。
ui´ gi´ 　　ciun` gi´ 　　gi´ bua_n` 　　gi´ ji_h

第三課　電話

dianˇ ueˋ

永欽：奇怪，　　普通時仔（候）伊已
ing kim gi guaiˇ　po tong siˊ a　iˋ i
經轉佫茨仔，今是安怎……？
gingˋ dngˋ gauˇ cuˇ aₕᵇ　daₙ siˇ an zuaₙˋ

忠正：加等下即更扣啦，　　得每
diongˋ zingˇ kaₕ danˋ eˇ ziaₕ gəₕ kaˇ laₕᵇ　diₕ veₕ
未赴啊。
vueˇ huˇ aˇ

新民：喂，　　我是新民。
sinˋ vinˊ ueˊ　quaˋ siˇ sinˋ vinˊ

永欽：新民是我，　你去底位？
sinˋ vinˊ siˇ quaˋ　liˋ ki də uiˋ

新民：是車站前遂抵着中學時代
diˇ cia zanˋ zingˊ suaₕ du dieₕᵇ diong hakᵇ siˇ daiˋ
令同窗，　　轙陣去飲咖啡即
eˇ dongˇcong　dauˇ din ki limˊ gaˋ bi ziaₕ

轉 來 ， 即 陣 抵 好 徦 茨 。
dng lai$_h$　　　zi$_t$ zun du hə gau cu

永欽：噢 ！ 是 安 尔 噢 ， 大 姊 與 我
　　　o$_h$　si an ni o$_h$　dua zi ho qua

三 張 音 樂 會 令 入 場 券 ， 於
san diu$_n$ im qa$_k$ hue e ji$_b$ diu$_n$ guan e

暗 七 點 開 始 ， 新 民 ， 你 有
am ci diam kai si　sin vin li u

每 去 无 ？
ve$_h$ ki və

新民：每 ， 地 點 是 底 位 ？
　　　ve$_h$　de diam di də ui

永欽：台 北 中 山 堂 。
　　　dai ba$_k$ diong san dng

新民：安 尔 ， 无 趕 緊 未 赴 噢 ， 是
　　　an ni　　və gua$_n$ gin vue hu o　di

中 山 堂 令 入 口 彼 ， 等 我 乎 ，
diong san dng e ji$_b$ kau hia　dan qua ho$_n$h

我 連 （連）鞭 去 。
qua lian (liam)bi$_n$ ki

注：

未赴：趕不上。　　轎陣：一起。　　連鞭：馬上。

相 關 詞 彙

市內，　　　郊區，　　　長途，　　　通話費，
ci　lai　　　gau　ku　　　dng　do　　　tong　ue　hui

无線電，　　通機費，　　對講機，　　移
vu　sua_n　dian　　tong　gi　hui　　dui　gong　gi　　　i

機，　　分機，　　插播，　　呼吱仔 (呼叫器)
gi　　　hun　gi　　cah　bə　　ko　gi　a_h

國際電話，　　扣未通。
gok　ze　dian　ue　　　ka　vue　tong

第四課　昰(在)機場
diˇ　　　giˋ　diuₙˊ

檢查員：眞否勢，　　請拍開皮包
giam zaˋ quanˊ zinˋ pai seˇ　　ciaₙ paˋ kuiˋ peˇ bau
　　　　與我看。
　　　　hoˇ qua kuaₙˇ

旅客：好，　　請看。
lu keₕˋ həˋ　　ciaₙ kuaₙˇ

檢查員：請問，即支刀仔，　　不知做
　　　　ciaₙ mngˋ ziₜ giˋ dəˊ aₕˋ　　mˇ zaiˋ zəˋ
　　　　啥用？
　　　　saₙ ingˋ

旅客：這是果子刀仔。
ze siˇ gue zi dəˊ aₕˋ

檢查員：按照飛機內令規定，是未
　　　　anˋ ziauˋ huiˋ giˋ laiˋ eˇ quiˋ dingˋ siˇ vueˇ
　　　　使帶刀仔。
　　　　sai duaˋ dəˊ aₕˋ

旅客：啊！　安尔噢！　成頭疼，　今
　　　　ah　　an ni　ohᵇ　　ziaₙ tauˇ tiaₙˇ,　daₙ
　　　每安怎着好！
　　　veh　an　zuaₙˇ dəˇ　həˋ

檢查員：暫時寄弄於阮茲，等　佫目
　　　　ziamˇ siˊ gia⁀ kngˋ eˇ　quan zia　dan gauˋ vokᵇ
　　　　的地，　即還你好无？
　　　　dekᵇ deᴸ　　ziah hingˇ liˋ　həˋ vəˇ

旅客：安尔着拜託你囉！
　　　　an　ni　dəˇ bai tokᵇ liˋ　lohᵇ

檢查員：安尔請你是(在)皮包上結你
　　　　an　ni　ciaₙ liˋ diˇ　　peˇ bau ding⁀ gaₜ liˋ
　　　令大名、　住址及電話號碼
　　　eˇ　dauˊ miaˊ、　zuˇ ziˋ gah dianˇ ueˇ həˊ veˋ
　　　令條子。
　　　eˇ　diauˊ ahᵇ

注：

否勢：對不起。　成頭疼：傷腦筋。　結：繫。

相關詞彙

出境， 入境， 國際機場， 國內，
cuₜ ging` jipᵇ ging` gok ze giᴸ diuₙ´ gok laiᴸ

桃園， 中正， 大園， 南崁， 小
tə˘ hng´ diongᴸzing` dua˘ hng´ lam˘ kam˘ siə

港， 海關， 飛行機， 噴射機，
gang` hai guan huiᴸ hing˘gi pun` sia` gi

直升機， 跑道， 停機坪， 航空
ditᵇ singᴸ gi pau dəᴸ ting˘ giᴸ ping´ hang˘ kongᴸ

公司， 機票， 護照， 機場費，
gongᴸ si giᴸ piə ho˘ ziau˘ giᴸ diuₙ´ hui

班機， 行李， 免稅店， 售票員，
banᴸ gi hing˘li` vian sue` diam˘ siu˘ piə quan´

公賣局煙酒， 台灣客運， 轉機，
gong vue˘ giokₖ ianᴸ ziu` dai˘ uan˘ keₕᵇ unᴸ zuan gi

過境， 登機門， 候機室， 登機
ge˘ ging` dingᴸ giᴸ mng´ hau˘ giᴸ sekₖᵇ dingᴸ giᴸ

證， 空中小姐， 候補位， 薰酒，
zing˘ kongᴸ diongᴸsiə zia` hau˘ bo` uiᴸ hunᴸ ziu`

客滿。
keₕᵇ vuan`

第五課　去圖書館
ki do˅ su guanˋ

三年前令暑假，　　阮老父看我
san_n˪ ni zing˙ e˙ su gaˋ　　qun lau be˪ kua_n quaˋ

成晏起床，　　合平常時透早七點
zia_n˅ ua_nˋ ki cng˙　　ga_h bing˙ siong si˙ tau zauˋ ci_t diamˋ

着去學校上課，　　全然无共。　第
do˅ ki ha_k˟ hau˪ siong do˪　　zuan˙ jian˙ va˅ gang˙　　de˅

二工，　　着焉我去阮兜附近令圖
ji˅ gang　　do˅ cua˅ quaˋ ki qun dau hu˪ gin e˅ do˅

書館看書。　　起初我有淡薄仔迍
su guanˋ kua_nˋ zu　　ki co quaˋ u˅ dam bo˙ a dunˋ

邅，　　感覺足未慣習。　一下佫圖
de_n　　gam gak zio_k vue˅ guanˋ si˅　　zi_t˙ e˅ gau˅ do˅

書館看着，　　赫多人是自修室，
su guanˋ kua_nˋ dio_h˟　　hia zue˙ lang˙ di˙ zu˅ siu˪ se_k˟

準備升學考試。　　我遂感覺真見
zun bi˅ sing˪ ha_k˟ ko˅ ci˅　　quaˋ suah gam gak zin^L gianˋ

笑， 及緊張起來； 見笑維是看
siau gah gin diu_n ki_t lai_h   gian siau e si kua_n

人赫認眞， 僅徒我猶是樂遲，
lang hia_h jin zin   gan da_t qua iau di lo_k də

睏鬥晏(起)， 緊張維是更二年，
kun dau ua_n   gin diu_n e si gəh lng ni

我麼着愛參加升學考試囉！ 若
qua ma diə_h ai cam ga_t sing ha_k kə ci lo_h   na

无好好兒充實，事先準備好勢，
və hə hə a ciong si_t su sian zun bi hə se

佫時陣即來嘴譙既挖井着未赴
gau si_t zun_t zia_h lai cui da zia_h o zi_n də vue hu

啊。 我迄日先了解， 館內令設
a   qua hi_t ji_t sing liau gai   guan lai e se_t

備， 藏書令內容， 以及借書令
bi_t cang zu e lai iong i gi_t ziə_h zu e

規則。 從此以後， 我着定定去
gui_t ze_k   ziong cu i au_t qua də dia_n dia_n ki

圖書館，敆(找)我所需要令書。一
do su guan ce_t qua so su_t iau e zu zi_t

方面是(在)彼，書眞多更方便借
hong vin_t di hia zu zin zue gəh hong bian ziə_h

圖書館內麼眞秋清及清幽。　　與
do˘ su guan`lai˥ ma˘ zin˥ ciu˘ cin˘ ga$_h$ cing˘ iu　　ho˥

我渡過一个涼爽，　　却相當充實
qua` do˘ gue` zi$_t$˥ e˘ liang˘ song`　　ga$_h$ siong˥ dong siong˥ si$_t$

令熱天。　我各即馬麼定定去，
e˘ jua˘ ti$_n$　　qua` gau` zi$_t$ ma˘ ma˘ dia$_n$˘ dia$_n$˘ ki˘

是一个圖書館令老主顧。
si˘ zi$_t$˥ e˘ do˘ su guan`e˘ lau˘ zu go˘

注：

迍邅：不想去；走不動。　未慣習：不習慣。　遂：出乎意料地；竟。　見笑：歉疚。　樂遲：閒蕩，悠哉；愛混水摸魚。　睏鬪晏（起）：很慢起床。　秋清：正字峭淸即涼爽。　與我：給我。

相關詞彙

百科全書，　　特藏，　　報紙，　　雜誌，
ba$_h$ kə˥ zuan˘ su　　de$_t$˥ cang˘　　bə` zua`　　za$_p$˥ zi˘

目錄，　　總類，　　思想史，　　倫理，
vo$_k$˥ lo$_k$　　zong lui˥　　su˥ siong su`　　lun˥ li`

宗教，　　哲學，　　佛教，　　回教，　　基
ziong˥ gau˘　　de$_t$ ha$_k$　　bu$_t$˥ gau˘　　hue˘ gau˘　　gi

督ㄉㄛㄅ， 天ㄊㄢ 主ㄗㄨ， 猶ㄧㄨ 太ㄊㄞ， 禮ㄌㄝ 俗ㄒㄛㄅ， 軍ㄍㄨㄣ 事ㄙㄨ，
do$_k$　　　 tian zu　　 iu tai　　 le sio$_k$　　 gun su

政ㄗㄧㄥ 治ㄉㄧ， 法ㄏㄨㄚ 律ㄌㄨ， 礦ㄎㄛㄥ 冶ㄧㄚ， 通ㄊㄛㄥ 史ㄙㄨ， 斷ㄉㄨㄢ
zing di　　 huat lut　　 kong ia　　 tong su　　 duan

代ㄉㄞ 史ㄙㄨ， 文ㄅㄨㄣ 化ㄏㄨㄚ， 外ㄍㄨㄚ 交ㄍㄠ， 國ㄍㄛㄅ 防ㄏㄛㄥ， 方ㄏㄛㄥ
dai su　　 vun hua　　 qua gau　　 gok hong　　 hong

志ㄗㄧ， 遊ㄧㄨ 記ㄍㄧ， 海ㄏㄞ 洋ㄧㄨ， 東ㄉㄤ 洋ㄧㄨ， 西ㄙㄝ 洋ㄧㄨ，
zi　　 iu gi　　　 hai iu$_n$　　 dang iu$_n$　　 se iu$_n$

歐ㄠ 洲ㄐㄧㄨ， 澳ㄜ 洲ㄐㄧㄨ， 非ㄏㄨㄧ 洲ㄐㄧㄨ， 傳ㄉㄨㄢ 記ㄍㄧ， 考ㄎㄜ
au ziu　　 ə ziu　　 hui ziu　　 duan ki　　 kə

古ㄍㄛ， 建ㄍㄧㄢ 築ㄉㄧㄛㄅ， 雕ㄉㄧㄠ 塑ㄙㄜ， 戲ㄏㄧ 劇ㄍㄝㄅ， 遊ㄧㄨ 戲ㄏㄧ，
go　　 gian dio$_k$　　 diau so　　　 hi ge$_k$　　 iu hi

經ㄍㄧㄥ 營ㄧㄥ， 醫ㄧ 藥ㄧㄚ， 科ㄎㄜ 幻ㄏㄨㄢ 小ㄒㄧㄜ 說ㄙㄨㄚ， 偵ㄐㄧㄥ 探ㄊㄚㄇ，
ging ing　　 i ia$_k$　　 kə huan sie suat　　 zing tam

憲ㄏㄧㄢ 法ㄏㄨㄚㄅ， 六ㄌㄧㄛㄅ 法ㄏㄨㄚ 全ㄗㄨㄢ 書ㄙㄨ， 康ㄎㄜㄥ 熙ㄏㄧ 字ㄐㄧ 典ㄉㄧㄢ，
hian huat　　 lio$_k$ huat zuan su　　 kong hi ji dian

四ㄙㄨ 庫ㄎㄜ 全ㄗㄨㄢ 書ㄙㄨ， 孫ㄙㄨㄣ 子ㄗㄨ 兵ㄅㄧㄥ 法ㄏㄨㄚㄅ。
su ko zuan su　　 sun zu bing huat

第六課　爬七星山

be`　ci$_t$　ci$_n$`　sua$_n$

有一个禮拜日，　阮老父、　老
u` zi$_t$ e` le bai ji$_t$，　qun lau` be` lau`

母合我三个人，　轕陣去爬(爬)七
vu` ga$_h$ qua` sa$_n$` e` lang´　dau` din` ki be`　ci$_t$

星山，　車行徦北投公園附近。
ci$_n$` sua$_n$，　cia gia$_n$´ gau` ba$_k$ dau´ gong` hng´ hu` gin`

阮老父講："您看山上彼，　有七
qun lau` be` gong:　"lin` kua$_n$` sua$_n$ ding` hia，　u` ci$_t$

个山崙仔連續着令，　非就是七
e` sua$_n$` lun´ a$_h$` lian´ sua` diau´ e$_h$`，　he ziu` si` ci$_t$

星山。"我即知影七星山令名是
ci$_n$` sua$_n$ 。"　qua` zia$_h$ zai ia$_n$` ci$_t$ ci$_n$` sua$_n$ e` mia´ si`

安尔號維。　阮更換公車坐徦陽
an ni hə` e`　qun gə$_h$ bua$_n$` gong` cia ze` gau` iong´

明山即行路。
ming´ san zia$_h$ gia$_n$´ lo`

迄工 ， 氣溫 即 攝氏 二 十 度 左右
hi_t gang　ki un zia_h sia_p si li za_p do zə

iu 。 阮 一路 勻勻 仔 行 ， 感覺 小
iu　qun zi_t lo un un a gia_n　gam ga_k siə

可 每 出 汗 着 歇 倦 一會兒 ， 大約
kua ve_h cu_t kua_n də hiə_h kun zi_t e a　dai io_k

經過 一 點 鐘 即 佫 ， 是 山 坪 令 七
ging_L ge zi_t diam ging zia_h gau　di sua_n pia_n e ci_t

星 公園 。 阮 企 是 彼 ， 向 西 平 令
ci_n gong_L hng　qun kia di hia　hiong se_L bing e

對面 山 看 。 哇 ！ 親像 一 尊 赫 秀 、
dui vin_L sua_n kua_n　ua　cin ciu_n zi_t zun hia_h sui

赫 莊嚴 令 觀音 媽 ， 倒 於 彼 ， 莫
hia_h zong qiam e guan im ma　də e hia　vo_k

怪 人 叫 觀音 山 。
gua lang giə_h guan im_L sua_n

迄 日 天氣 讚 ， 能 見 度 更 好 ，
hi_t ji_t tin_n ki_L zan　ling gian do_L gə_h hə

看 着 遠遠 ， 台北 地區 令 ， 一 座
kua_n diə_h hng_L hng_L　dai ba_k de ku e　zi_t zə_L

一 座 令 大 橋 及 建 築 物 ， 實在 真
zi_t zə_L e dua giə gah gian dio_k vu_t　si_t zai_L zin_L

壯 觀 。 　　 麼 看 着 親 像 兩 條 帶 結 作
zong` guan 　　 ma` kua$_n$` diəh cin ciu$_n$$^L$ lng` diau` dua` ga$_t$ zə`

伙 令 ， 　　 淡 水 河 及 基 隆 河 令 交 會
he` e`， 　　 dam` zui hə` gah ge^L lang` hə` e` gau hue`

處 。 　 風 景 實 在 有 夠 秀 ， 　 不 是 我
cu` 　 hong$^L$ ging` si$_t$` zai$^L$ u` gau sui` 　 m` si qua`

三 兩 句 話 ， 　 會 中 表 達 出 來 。
sa$_n$^{L} lng` gu` ue^L 　 e` dang` biau da$_t$ cu$_t$ lai$_h$`

　　阮 是 涼 亭 仔 ， 歇 一 倦 眞 大 倦 ，
　　qun` di` liang` ding` a$_h$ 　 hiəh zi$_t$` kun` zin^L dua` kun`

即 慢 慢 仔 ， 　 行 佫 一 崙 更 一 崙 令
ziah van` van` a$_h$ 　 gia$_n$` gau` zi$_t$` lun gəh zi$_t$` lun e`

七 星 山 上 。 迄 日 下 晡 五 、 六 點 即
ci$_t$ cin^L sua$_n$ 　 hi$_t$ ji$_t$ e` bo qo` la$_k$` diam` ziah

轉 佫 茨 ， 雖 然 双 脚 有 淡 薄 仔 酸 ，
dng gau cu` sui jian` siang^L ka u` dam` bə` a sng

不 却 心 情 感 覺 眞 趣 味 及 爽 快 。
m` gəh sim$^L$ zing` gam ga$_k$ zin^L cu` vi gah song kuai`

注：
匐：爬。　非就是：那就是。　迄工：那天。　歇倦：休息。
山坪：山坡上。　西平：西邊。　赫秀：那麼漂亮。　倒於

彼：躺在那裡。　結作伙：連結在一起。

相關詞彙

運動鞋，　背包，　水灌：水壺。　手
un˘ dong˘ ue　　bue˘ bau　　zui guan˘ zui oˊ　　ciu

電，　指北針，　觱仔：哨子。　登山鞋，
dian˪　　zi baₖ ziam　　biˊ aₕᵇ　　　　ding˪ san˪ ueˊ

計步器，　高度計，　太陽目鏡，
geˋ boˇ kiˇ　　gə˪ doˇ geˋ　　tai iong˘ vaₖᵇ giaₙˇ

望遠鏡，　氣壓，　大霸尖山，　南
vong˘ uanˋ giaₙˇ　　ki apᵇ　　duaˇ baˋ ziam˪ suaₙ　　lamˇ

湖大山，　太陽谷，　桃源谷，　紗
hoˊ duaˇ suaₙ　　tai iong˘ goₖᵇ　　təˇ quan˘ goₖᵇ　　se˪

帽山，　礦嘴山，　大崙頭，　基隆
vəˇ suaₙ　　hong˘ cuiˋ suaₙ　　duaˇ lunˋ tauˊ　　gi˪ liong˘

山，　滿月圓，　飛鳳山，　內大坪
suaₙ　　mua queˇ iₙˊ　　hui˪ hong˘ suaₙ　　laiˇ duaˇ pingˊ

冷泉，　關西蝙蝠洞，　草嶺古道，
ling zuaₙˊ　　guan˪ se bian hoₖ dong˪　　cau niaˋ go də˪

桶後越嶺，　四獸山，　五寮尖，
tang au˪ uatᵇ niaˋ　　si siuˋ suaₙ　　qoₙ liau˘ ziam

筆架山，　大雪山，　大雪山，　秀
bit ge` sua_n　　dua` se` sua_n　　dai` sua_t san　　siu`

姑巒，　北大武，　桃山，　集集大
go_l luan´　　bak dai` vu`　　tə` sua_n　　zip zip dua`

山，　奇萊主山，　五分山，　大崗
sua_n　　git lai´ zu sua_n　　qo` hun sua_n　　dua` gong

山，　壽山，　北勢溪健行，　鹿角
sua_n　　siu` sua_n　　bak si` kue gian` hing´　　lok gak

坑，　溪頭，　跋倒猴山：拔刀尔山。　八
ke_n　　kue_l tau´　　bua` də gau` sua_n　　bat

仙山。
sian_l sua_n

第七課　動物園
dongˇ vut^b hngˊ

父：今 伯 每 坐 啥 物 車 去 動 物 園
　　daₙ lanˋ veₕ zeˇ saₙ miₕ cia ki dongˇ vut^b hngˊ
　　加（較）好？
　　kaₕ　　　həˋ

母：捷 運 系 統 令 車， 已 經 行 赫 久
　　ziaₜ un^L heˇ tong eˇ cia i ging^L giaₙˇ hiaₕ guˋ
　　啊， 伯 猶 不 別（曾）坐 過， 坐 一
　　aₕ^b lanˋ iau mˇ baₜ ze^L geₕ^b zeˇ ziₜ^b
　　擺 看 味 好 无？
　　baiˋ kuaₙˋ mai^L həˋ vəˇ

父：好 啊！ 對 茲 佫 動 物 園 愛 賴 多
　　həˋ a^L duiˋ zia gauˋ dongˇ vut^b hngˊ aiˋ luaˋ zueˇ
　　錢， 不 知 有 人 兒 票 无？
　　ziₙˊ mˇ zai^L uˇ qin a piəˇ vəˇ

母：我 聽 人 講 即 陣 坐 上 遠 令 票 錢
　　quaˋ tiaₙ^L langˇ gongˋ ziₜ zun^L zeˇ siong hng^L eˇ piəˋ ziₙˊ

三十五元，　　最少二十箍（元）。
sa_n　zap　qo　ko　　　zue　ziə　ji　zap　ko

人兒票我不知有抑无？
qin　a　piə　qua　m　zai　u　a　və

子：爸！　我曾聽阮同窗令講過，
ba　　　qua　bat　tia_n　qun　dong　cong　e　gong　geh

捷運无設人兒票。
ziap　un　və　set　qin　a　piə

父：我是罔問看味啊，　　今伯趕緊
qua　si　vong　mng　kua_n　mai　ah　　　dan　lan　gua_n　gin

準備來去。
zun　bi　lai　ki

×　　×　　×　　×

子：哇！　今日來茲令人赫尔多。
ua　　　gia_n　jit　lai　zia　e　lang　hia_h　ni　zue

母：今仔日是放假日，天氣却好，
qin　a　jit　si　bang　ga　jit　ti_n　ki　gəh　hə

逐个攏想每出來行散行散咧！
dak　e　long　siu_n　veh　cut　lai　gia_n　sua　gia_n　sua　le_h

父：入門票買好啊！　緊入園內。
jip　mng　piə　vue　hə　ah　　　gin　jip　hng　lai

子：哇！　您看動物偌多！
　　ua　　　lin kuaₙ dong vuₜ ziaₕ zueᴸ

母：文欽仔着愛小心注意，　有令
　　vun kim a dǝ ai siǝ sim zu i　　u e
　　動物會咬人，　　動物園以前猶
　　dong vuₜ e gaᴸ lang　　dong vuₜ hng i　zing iau
　　是圓山令時陣，　　有一個人（）
　　di iₙ suaₙ e si zunᴸ　　u ziₜ e qin (jin)
　　兒企傷倚，　　即與虎抓一下，
　　aₕ kia siuₙᴸ ua　　ziaₕ ho ho jiau ziₜ eᴸ
　　頭額血眾眾滴，　　我看一下心
　　tau hiaₕ huiₕ dapₚ dapₚ diₕ　　qua kuaₙ ziₜ eᴸ　simᴸ
　　肝成艱苦。
　　guaₙ ziaₙ ganᴸ ko

父：是啊，　　遠遠看着好。
　　siᴸ aᴸ　　hng hngᴸ kuaₙ dǝ hǝ

注：
元（quan）：箍(ko)。　看味：看看。　賴多：多少。　企
傷倚：站太近。　眾眾滴：滴不停。　心肝：心裡。　着好：
就好。

相關詞彙

豹，　　獅，　　駱駝，　　　山貓，　　犀牛，
baˇ　　　sai　　　lokᵇ dəˊ　　　suanᴸ niau　　saiᴸ quˊ

麒麟鹿：長頸鹿，　　企鵝，　　兀鷹，　　駝
giˇ linˇ lok　　　　　　　kiˋ qəˊ　　　quᵗ ing　　　dəˇ

鳥，　　狸仔，　　河馬，　　斑馬，　　孔雀，
niauˋ　　vaˊ aₕᵇ　　　həˇ ma　　　banᴸ maˋ　　kong ciokᵇ

鱷魚，　　粟鳥仔 麻雀，　　鴛鴦，　　水鴨，
kokᵇ huˊ　　cieₖ ziau `aₕᵇ　　　　uanᴸ iuₙ　　zui aₕᵇ

鸚哥：鸚鵡，　白熊（北極熊），　海狗，　海
ingᴸ gə　　　　beˇ himˊ　　　　　　　hai gauˋ　　hai

豹，　　紅鶴，　　白頭殼（殼）仔：白頭翁。　　驢
baˇ　　　angˇ həᴸ　　beˇ tauˇ kaₖ (koₖ) aₕᵇ　　　　　luˊ

子，　　鳥鼠：老鼠，　猩猩，　　狒狒，　　錦
aₕᵇ　　　niau cuˋ　　　　singᴸ sing　　huiᴸ huiᴸ　　　qim

蛇：蟒蛇，　　杜定：蜥蜴，　猫頭鳥 猫頭鷹，
zuaˊ　vong zuaˊ　　　doˇ dingᴸ　　　niauᴸ tauˇ ziauˋ

兔，　　山羊，　　綿羊，　　水獺，　　蝴蝶，
toˇ　　　suanᴸ inₙˊ　　miˇ iuₙˊ　　zui tuaₕᵇ　　oˇ diaₚ

鯪鯉：穿山甲，　獸醫，　　訓獸師（師）。
laˇ liˋ　　　　　siuˋ i　　　hunˋ siuˋ su (sai)

第八課　旅遊計劃
lu iuˇ geˋ e_k

文原：連續假期您計劃每去底
vunˇ quanˊ lianˇ sio_kˋ gaˋ giˋ linˊ geˋ e_kˋ ve_h ki də

　　　位？
　　　ui_

忠平：冬天仔，　南部比較加燒
diong_ bingˊ dang_ ti_n a　　nanˇ bo_ bi gauˇ ka_h siə_

　　　熱，　我想每規家去墾丁。
　　　jua_h　　quaˋ siu_nˇ ve_h gui_ ge ki kun ding

文原：真好、　真好，　即陣去上蓋
zin_ həˋ　　zin_ həˋ　　zi_t zun_ ki siongˇ gaiˋ

　　　抵好。
　　　du həˋ

忠平：你敢別(曾)去過？
liˋ gam ba_t　　　　 kiˇ ge_hˋ

文原：我噢！　我對彼足熟令，　我
quaˋ o_hˋ　　quaˋ duiˋ hia zio_k se_k e_hˋ　　　quaˋ

去 成 多 屆 啊。

ki　zia$_n$　zue　gai　a$_h$

忠平：噢！　安　尔　我　着　請　教　你　囉！

o$_h$　　an　ni　qua　də　cing　gau　li　lo$_h$

文原：見　笑、　　見　笑！　你　有　問　題　做

gian　siau　　gian　siau　li　u　vun　di　zə

你　講，　　无　要　緊。

li　gong　　və　iau　gin

忠平：每　去　進　前　着　愛　準　備　什　麼？

ve$_h$　ki　zin　zing　də　ai　zun　bi　sim　mi$_h$

文原：我　給　你　講，　　你　每　去　以　前　着

qua　ga　li　gong　　li　ve$_h$　ki　i　zing　də

愛　先　訂　車　票　及　飯　店　令　房　間。

ai　sing　ding　cia　piə　ga$_h$　bng　diam　e　bang　ging

忠平：阮　每　開　車　去。

qun　ve$_h$　kui　cia　ki

文原：您　每　是　彼　幾　工？

lin　ve$_h$　di　hia　gui　gang

忠平：準　備　滯　彼　二　暝　三　日。

zun　bi　dua　hia　nng　mi　sa$_n$　ji$_t$

文原：安　尔　好！　我　給　你　建　議，　　彼

an　ni　hə　　qua　ga　li　gian　qi　　hia

有 真 多 好 耍 令 所 在 。　　可 比
u zin zue hə sng e so zai ka bi

講 ： 墾 丁 公 園 、 社 頂 公 園 、
gong　　kun ding gong hng sia ding gong hng

鵝 卵 鼻 公 園 、　　猫 鼻 頭 、　　佳
qə lan pi(n) gong hng niu pi(n) tau ga

洛 水 海 邊 、 双 流 森 林 公 園 、
lau zui hai bi(n) siang liu sim lim gong hng

四 重 溪 溫 泉 及 關 山 看 日 頭
si ding ke un zua(n) ga(h) guan san kua(n) ji(t) tau

落 海 。
lə hai

忠平：若 照 你 所 講 令 風 景 點 攏
na ziau li so gong e hong ging diam long

迌(趒) 過 ，　　三 日 逐 无 夠 。
se ge(h)　　sa(n) ji(t) sua(h) və gau

文原：先 有 一 个 心 理 準 備 ，　　络 彼
sing u zi(t) e sim li zun bi gau hia

即 更 問 加 詳 細 咧 。
zia(h) gə(h) mng ka(h) siong se le(h)

忠平：多 謝 你 噢 ！
də sia li o(h)

文原：今 微（勿） 講 彼 令 ，　　說 啥 物 多

dan　mai`　　　gong hia e　　　se`　san　mih　də

謝 囉 ！

sia⌐　loh

注：

規家：全家。　抵好：剛剛好。　成多屆：很多次。　見笑：不好意思。　進前：之前。　幾工：幾天。　滯彼：住在那裡。　二暝三日：三天兩夜。　攏迤過：都逛過。　即更：才再。　微講：不要講。

相關詞彙

宜 蘭 太 平 山 ，　　鷄 籠 （基隆）港 口 ，台

qi` lan´ tai` bing` suan　　ge⌐ lang`　　　gang kau`　dai`

北 烏 來 ，　　桃 園 石 門 水 庫 ，　　新 竹

bak　u⌐　lai　　　tə`　hng´　ziə`　mng´　zui`　ko`　　　sin⌐　dek

五 指 山 ，　　苗 栗 獅 頭 山 ，　　台 中 谷

qon　zi　san　　　viau`　lek　sai　tau`　suan　　　dai`　diong gok

關 ，彰 化 八 卦 山 ，　　南 投 日 月 潭 ，

guan　ziong⌐hua` bak　gua`　san　　　lam`　dau´ jit　quat　tam´

雲 林 草 嶺 ，　　嘉 義 阿 里 山 ，　　台 南

hun` lim　cau　lian`　　　gat⌐　qi⌐　a⌐　li　san　　　dai`　lam´

曾文水庫， 　赤崁樓， 　高雄西仔
zan⌐ vun˘ zui ko˘ 　cia﹨ kam⌐ lau´ 　gə⌐ iong´ se⌐ a

灣， 　大埤湖（大貝湖）， 　屏東三地門，
uan´ 　dua⌐ bi⌐ o´ 　　　bin˘ dong san⌐ de⌐ mng´

台東知本溫泉， 　花蓮太魯閣，
dai˘ dang di⌐ bun﹨ un⌐ zuan﹨ 　hua⌐ lian´ tai⌐ lo gəh´

金門公園， 　馬祖， 　澎湖跨海大
gim⌐ mng´ gong⌐ hng´ 　ma zo˘ 　pi˘n o´ kua﹨ hai﹨ dua˘

橋。
giə´

第九課　公民維(的)道德
gong˪ vin´ eˇ　　dəˇ die_k ᵇ

個人身体着注意，
gə˪ jin´ sin˪ te˪ diəh ᵇ zu i˪

家庭和樂齊歡喜，
ga˪ ding´ hə˪ lo_k ziau huan hi˪

社會代誌无放棄，
sia˪ hue˪ dai˪ ziˇ vəˇ hong˪ ki˪

有益國家愛建議。
iu ie_k ᵇ ko_k ga ai˪ gian˪ qi˪

祖先移民令關係，
zo sian i˪ vin´ eˇ guan˪ he˪

發憤奔波為伯維，
pa˪ bia_n ˇ bun˪ pə uiˇ lan e´

關心生活有好勢，
guan˪ sim sing˪ uah uˇ hə˪ seˇ

見面問人食飽未？
gi_n ˇ vin˪ mngˇ lang´ ziaˇ ba˪ ve˪

土地是伯逐个維,
to　de　si　lan　dak　e　e

環境清幽人人找,
kuan　ging　cing　iu　lang　lang　ce

糞溲不通烏白下,
bun　so　m　tang　o　be　he

即是模範好子弟。
ziah　si　vo　huan　hə　zu　de

身体逐个愛保重,
sin　te　dak　e　ai　bə　diong

双脚着愛定定用,
siang　ka　də　ai　dian　dian　iong

颺車令人天不從,
piau　cia　e　lang　tian　but　ziong

性命實在无保障。
sin　mia　sit　zai　və　bə　ziong

信教是心靈安慰,
sin　gau　si　sim　ling　an　ui

不通做商業行為,
m　tang　zə　siong　qiap　hing　ui

若ㄋㄚˇ是ㄐㄧ 利ㄌㄞˇ 用ㄧㆲㄥ 來ㄌㄞˇ 作ㄗㆤˋ 鬼ㄍㄨㄧˋ，

na�’ si’ li˘ iong˥ lai˘ zəˋ guiˋ

監ㄍㄢㄥ 牢ㄌㄜˇ 內ㄌㄞㄥ 有ㄨˋ 伊ㄧㄥ 令ㆤˇ 位ㄨㄧㄥ。

ga_n˥ lə˘ lai˥ u˘ i˥ e˘ ui˥

注：

維；令：的。　　无放棄：積極參與。　　發憤：俗寫打拼。　　糞

溲：垃圾。　　烏白下：隨便放。　　作鬼：做不正當事情。

相關詞彙

(1)愛ㄞˋ惜ㄒㄧㆤㆷ。　(2)激ㄍㆤㄍ氣ㄎㄧˋ。　(3)怨ㄨㄢˋ妒ㄉㆦˇ：嫉妒。
　　aiˋ siəh͖　　　　gek̖ ki˘　　　　uanˋ do˘

(4)礙ㄍㄞˇ虐ㄍㄧㆤ：尷尬。　　(5)損ㄙㆭ斷ㄉㆭㄥ；損ㄙㆭ蕩ㄉㆭㄥ：損ㄙㄨㄣ害ㄏㄞㄥ。
　　qai˘ qiə　　　　　　　sng dng˥ sng dng˥ sun hai˥

(6)搶ㄘㆲ（闖）碰ㄅㆲㄥ：激情，魯莽。　(7)懶ㄌㄢ儒ㄋㄨㄚˇ：不愛乾淨。
　　cong bong˥　　　　　　　　lan nua˥

(8)腌ㆰㄥ臢ㄗㆰ：骯髒。　(9)拖ㄊㄨㄚㄥ沙ㄙㄨㄚ：拖泥帶水，動作欠乾淨利落。
　　am˥ zam　　　　　tua˥ sua

(10)卻ㄎㄧㄜˋ却ㄍㄚㄍ：廢物。　(11)卜ㄅㆦㄍ薰ㄏㄨㄣ：抽煙。　(12)殗ㄧㄚㆴ殜ㄊㄧㄚㆴ：隱密。
　　kiəˋ gak̖　　　　　　bok̖ hun　　　　　　iap̖ tiap͖

(13)蹀ㄒㄧㄚㆴ蹀ㄉㄧㄚㆴ：札實。　(14)嚙ㄑㄧㆤㆵ潲ㄒㄧㄠˇ：頑皮。　(15)达ㄉㄢㄥ誤ㄍㆦㄥ：相誤。
　　siap diap　　　　　　qiet̖ siau˘　　　　　　　dan˥ qon˥

(16) 相迵：相通。
siə tang　siə tong

(17) 蹻脚：蹺着腿。
kiau ka

(18) 呪詛：發誓。
ziu zua

(19) 詏虎卵：鬼扯蛋。
ka　ho　lan

(20) 相諍：互相爭論。
siə zen

(21) 說司：用話刺激對方。
qe　se

(22) 破嘴讒：出言壞人謀事。
puah cui zam

(23) 讕頭：以假言應對而匿其真相。
nua tau

(24) 儼毅：剛毅。
qiam qen

(25) 恬孜孜：埋頭專做某事，沒有聲息。
diam zin zin

(26) 踳踏：踐踏。
tun dah

(27) 托臭：揭人瘡疤。
tu　cau

(28) 屬樸：完整相配。
siak pah

(29) 勢樂遲：很會混水摸魚。
qau lok də

(30) 注（油、燒酒、豆油）。
da　iu　siə ziu　dau iu

(31) 一目瞤仔：一會兒。
zit vak ni ah

(32) 否了彔：不好處理；難侍侯。
pai liu lak

(33) 祖（褪）腹褐：光着身子，不穿上衣。
tng　bak teh

第十課　過年
geˋ　ni´

　　過年前，　　過年前，　　阿母上无
　　geˋ ni´ zing´　geˋ ni´ zing´　a¹ vuˋ siong vəˋ
容(閒)，　茨內着愛拚，　物件着愛
ing´　　　cu lai¹ də ai bianˋ　　mi´ gianⁿ də ai
磬。　大細欠啥樣，年節愛啥用，
king´　dua¹ sue˙ kiam˙ saⁿ cing˙ ni´ zueₕ ai saⁿ iong˙
親情保持好感情，　逐項代志做
cin˙ ziaⁿ bə ci˙ hə gam zing´　　dakᵇ hang´ dai´ zi˙ zə
分明。
hun˙ ving´

　　過新年，　　過新年，　　人兒上歡
　　geˋ sin˙ ni´　　geˋ sin˙ ni´　　qin ahᵇ siong huanˋ
喜，　衫褲新楚楚，皮鞋金爍爍。
hi˙　　saⁿ ko˙ sin˙ cak cakᵇ　pe˙ ue´ gim˙ si˙ siₕ
紅包通好得，　棋藝通好肄，　好
ang´ bau tang˙ hə diₕ　　gi˙ qe˙ tang˙ hə i˙　　hə

食物件滿滿是， 佗著愛成細膩。
ziaₕ miˇ giaₙˋ mua mua siˋ 　 tiₜ təˊ dəˇ ai ziaₙˇ seˋ
jiˋ

注：

拚：拚掃，清潔。 罄：剩（多）餘的，可再用的，該留就留，該廢就丟。 大細欠啥�：襐即穿，一家大小的衣服、鞋子有沒有必要再添購。年節該用的東西要採購，甚至給親戚朋友買點禮物以保持親密。 分明：清楚，周到。 肄：練習，玩。過年時節只要正當的娛樂如：撲克牌、跳棋、象棋、圍棋儘量玩，大人絕不會干涉。不過出門遊玩就要注意安全問題。 細膩：小心，注意；另意客氣。

補充教材：

　過年佫， 　過年佫， 　逐家大拚
　geˋ niˇ gauˇ 　 geˋ niˇ gauˇ 　 daₖˋ geˋ duaˋ biaₙ
掃， 人講清茨既會富。 十六尾
sauˇ 　 langˇ gong cingˋ cuˊ ziaₕ eˇ buˇ 　 zaₚˋ laₖ ve
牙， 廿四送神，廿九暝小過年。
qeˊ 　 liˇ siˇ sangˋ sinˊ liˇ gau miˊ siə geˋ niˊ

甜粿、　發粿、　荼頭粿，　　阿母逐
din　 gue`　 huat gue`　 cai` tau´ gue`　　 a˩ vu´ dak

項詮成多。　葱仔、　韭荼、　長年
hang´ cuan´ zian´ zue˩　 cang´ ah˥　　 gu cai`　　 dng´ ni´

荼、　　猶有芹荼及荼頭。　春聯、
cai`　　 iau u´ kun cai` gah cai` tau´　　 cun˥ lian´

柑甬、　飯春花，　　項項買絡眞正
gam˥ tong˩　 bng´ cun˥ hue　　 hang´ hang´ vue ga zin˩ zian`

齊。　甜粿過年，　　發粿發錢，　　荼
zue´　 din˩ gue` ge` ni´　　 huat gue` huat zin´　　 cai`

頭粿食點心，　　荼包包金。　　過年
tau´ gue` ziah˥ diam sim　　 cai` bau bau˩ gim　　 ge` ni´

暗食葱仔聰明，　　芹荼勤學，　　韭
am´ ziah˥ cang´ ah˥ cong ving´　　 kun´ cai` kun´ hak　　 gu

荼久長，　　食荼頭好彩頭，　　長年
cai` gu dng´　　 ziah˥ cai` tau´ hə cai` tau´　　 dng´ ni´

荼長歲壽。　　拜拜保庇，　　嬰仔好
cai` dng´ he` siu˩　　 bai` bai´ bə bi`　　 in a hə

育飼，　　人兒勢寫字，　　老父勢趁
iə˩ ci˩　　 qin ah˥ qau sia li˩　　 lau´ be˩ qau tan`

錢，　老大人老康健食百二。
zin´　 lau´ dua´ lang´ lau´ kong˩ gian˩ ziah˥ bah˥ ji˩

注：

佫：到之正字。　逐家：每一家。　既：才之正字。　柑甬：
將五粒桶子疊在一起。　飯春花：神桌上有一碗飯，一碗發
粿及一塊甜粿插在上面的紙花，以表示樣樣東西都有「存」
剩餘，以示豐盛。　好育飼：嬰兒好養育，很健康。　勢寫
字：小孩會寫字，會作文，表示會讀書。　食百二：活到一
百廿歲，在此表示長壽。

初一早，　初二巧，　初三睏飽
cue it za　　cue li ka　　cue san kun ba

飽，　初四接神，　初五隔開，　初
ba　　cue si zih sin　　cue qo ge kui　　cue

六舀肥，　初七亂亂擂，　初八原
lak iun bui　　cue cit luan luan lui　　cue bueh quan

全，　初九天公生，初十有即食，
zuan　　cue gau tin gong sin　cue zap u ziah sit

十一請子婿，　十二諸某子轉來
zap it cian gian sai　　zap li za vo gian dng lai

拜，　十三食泔糜配芥菜，　十四
bai　　zap san ziah am ve pe gua cai　　zap si

結燈棚，　十五上元暝。
gat ding bi　　zap qo siong quan mi

注：

初一：開門大吉，取於清晨早起。

初二：女婿到丈姆娘家是稀巧之客。

初三：此日係天狗日，諸事不宜，故睡個飽。

初四：迎接眾神上天述職回到人間。

初五：商家都已開張，新年告一斷落。

初六：農家照常清運水肥。

初七：无所禁忌。

初八：一切恢復正常。

初九：玉皇大帝誕辰。

初十：拜完天公的牲醴又有得吃。

十一：請女婿，岳父宴請女婿，俗稱女婿日。

十二：諸某囝轉來拜，此日女兒歸寧，拿牲醴回娘家拜拜。

十三：油膩吃太多，弄點素菜吃，鹹菜配粥隨意吃吃。

十四：廟裡準備燈謎大會，裝置燈棚，百姓子弟準備燈籠，
　　　以備隔天提。

十五：元宵節。

相 關 詞 彙

挨ㄝˋ粿ㄍㄨㄝˋ，	炊ㄘㄝ粿ㄍㄨㄝˋ，	點ㄉㄧㄚ燈ㄉㄥ，	結ㄍㄚˊ綵ㄘㄞˋ，	牲ㄒㄧㄥˊ
e˪ gue`	ce gue`	diam ding	ga$_t$ cai`	sing˪

醴ㄌㄝˋ，　禮ㄌㄝˋ盒ㄚㄏ，　金ㄍㄧㄇˋ紙ㄗㄨㄚˋ，　銀ㄍㄨㄣˇ紙ㄗㄨㄚˋ，割ㄍㄨㄚˋ金ㄍㄧㄇ，
le˙　　　le　　a_h　　　　gim^L zua˙　　　　qun˘ zua˙　　gua˙ gim

燒ㄒㄧㄜ金ㄍㄧㄇ，　　唱ㄔㄨˋ喏ㄗㄧㄚㄌ：拜拜燒好金紙最後的敬辭。
siə　gim　　　　ciu_n˙ jia^L

第二章　益智篇

一、詞ㄘㄨˊ源ㄩㄢˊ及ㄍㄚˋ外ㄍㄨㄚˋ來ㄌㄞ借ㄐㄧㄜ詞ㄘㄨˊ

su´ quan´ ga_h qua˅ lai´ ziə_h su´

㈠　詞　源

1. 正ㄐㄧㄢˋ港ㄍㄤ令ㄝˊ：

zia_n` gang` e_h

在清朝統治台灣的二百一十二年當中，到西元一八七五年才完全開放讓百姓可以自大陸自由移民來往。他們為了管制往來的人民，指定台南府城、中部的鹿港，以及北部的八里作為台灣與中國大陸之間相互往來的指定港口，並在這些港口設立海關及檢查哨，用來檢查人民的出入及往來狀況，由這三個港口進來的貨物叫做正港令，不是走私進來的貨物。

2. 正ㄐㄧㄢˋ月ㄍㄝˊ：

zia_n` qe_h

爲什麼農曆元月或一月稱正月。因中國在夏、商、周時已經有了曆法，當時天文學還不是很發達。每「月」的計算方法是依據月亮的盈虧的週期變化。古人測定的方法有多種，是依太陽的影子的長短呈週期性的變化。多至日，白天最短，過了多至白天一天天增長；而夏至的情況正好相反。古人還發現北斗星的斗柄，在多至月份，是指向正北的，斗柄每月在天空逆時針偏轉三十度，十二個月正好繞一週。人們使用十二地支（子丑寅卯辰巳午未申酉戌亥）來指月份，將多至所在那個月，也就是北斗星的斗柄指著正北的那個月爲子月，依次稱之。計算年的辦法解決了，那麼以那個月爲開始的月呢？據說夏商周三代各代所定的歲首都不相同，因而產生了夏曆、商曆、周曆等三種曆法。周曆以子月爲歲首；商曆以丑月爲歲首；夏曆以寅月爲歲首。我們現在就是依據夏曆的寅月爲歲首，因爲首月定了，其他各月才能定下來，而歲首的不同，反映了曆法的不同，爲了這個緣故，古人稱一月爲正月，即含有正定的意思。例如一九九六年冬至日是十二月廿一日，農曆正月在寅月（第三月），也就是一九九七年國曆二月。多至日依太陽曆（即國曆），幾乎是固定的，最多有一天之差。而農曆因有閏月的關係，正月初一都在國曆的一月底與二月之間。

3. 好聲譽：

hə　qia

這個充滿倫理與道德的語詞，有「好的聲譽」才能稱為富，否則雖家財萬貫而惡名昭彰的好額，怎當得起「好譽」二字。（特別引述陳冠學所著台語之古老與古典。）

4. 才高八斗：

zai　gə　bue　dau

五代、李瀚謝靈運嘗云：天下才共有一石，三國魏曹子建獨得八斗，我得一斗，自古至今同用一斗。寓意人文才極高。

5. 三長兩短：

sa n　dng　nng　de

人們忌諱說 "死" 這個字，所以將棺材還沒蓋下去的那三片長木板及頭尾兩片短木板說成三長兩短。所以 "萬一死了" 這句話，說成 "萬一有什麼三長兩短"。

6. 土角（茨）：

to　ga k

用黏土、稻草切短、粗糠、牛糞混合製成長一·二台尺、寬一台尺、厚三台寸的土磚，以砌牆壁之用，這種建材，唯一缺點是怕雨水浸蝕。這種建材蓋成的房子目前在大陸、玻利維亞、秘魯、馬達加斯加（印度洋）鄉下還有很多，在福建武夷山區，有一棟以前爲寺廟，文化大革命後被改爲茶廠的建築，據說已有兩百多年的歷史。

7. 討ㄊㄜ 海ㄏㄞˋ：

tə hai`

漁人捕魚，據稱魚蝦貝類係東海龍王的子弟兵，討海即是向海龍王討一點他的子弟兵做爲生活之用。也可從字面解釋爲向海裡討生活。

8. 犀ㄙㄞㄴ 牛ㄍㄨˊ 望ㄅㄤˇ 月ㄍㄝㄏ：

sai^L qu´ vangˇ qe_h

犀牛是一種近視的動物，所以牠根本看不見月亮。此句引喻爲沒有指望。另一句大人罵兩個小孩在那邊大眼瞪小眼的僵持不下，叫犀牛仔ㄚ(a) 照ㄐㄧㄜˋ(ziə`) 角ㄍㄚㄎ (gak) 。試想兩隻近視的犀牛如何比較其角的大小呢？當然就僵持不下了。在亞洲，中國古代有犀牛，現在大概只有寮國、尼泊爾、印度等少數國家有了；其餘都在非洲。

㈡　外來借詞

1. 希ㄈㄧ 臘ㄌㄚㄏ：

hi　la$_h$

位於歐洲巴爾幹半島東南部，現稱 Greece，是現存的世界四大文明古國之一，與中國、埃及、印度並列。它的古名原稱 Hella，也就是希腦音譯的由來，而現稱的 Greece 是羅馬人替它改的，如果僅從現在的稱呼，實在沒辦法將"希臘"兩字聯想在一起。

2. 馬ㄇㄚ 六ㄌㄚㆴ甲ㄍㄚㆴ海峽：

ma　la$_{k^b}$　ga$_{h^b}$

印尼的蘇門答臘與馬來半島之間的海峽，原來是由西班牙語 Malaga音譯來的，現在西班牙南部有一個海港城市也叫Malaga。

3. 雪ㄒㄨㄚ 文ㄨㄣ：

sua$_t$　vun´

肥皂在台灣北部本是用茶子成熟後壓榨出茶子油，再將茶子渣聚成一塊塊，我們稱之為ㄉㄜ ㄍㄛ (de˘ ko)，光復初期（一九四五年）很多人還拿來作為洗滌之用。由於法國人呂布蘭用鹽水製鹼法，將製造過程簡化可在幾小時內皂化成功，大量生產，降低成本，人們遂喜用價廉物美的法國製 savon了，所以雪文一詞譯自法文。

4. 葡㊀ˇ 萄㊀ˊ：

pəˇ dəˊ

來源於古大宛語相當於伊朗語的 budawa，wa 爲詞尾，本
來被音譯爲蒲陶或蒲桃，後改現名。

5. 飯ㄆㄤˋ：

pang`

麵包，此語音譯自西班牙語 pan。

6. 和ㄏㄜˇ 尚ㄒㄩㄥˋ：

heˇ siunᴸ

印度語 khosa，僧徒的尊稱，其義爲親教師，謂能教人學
戒定慧，猶俗家之業師。

7. 天ㄊㄧㄢ 不ㄅㄨㄊ 啦ㄌㄚㄏ：

tian puₜ laₕᵇ

現在很多寫成甜不辣，係油炸大蝦和青菜等，此語音譯自
義大利 tempora 或葡萄牙語 tempero 也是轉譯自日本外來
語天婦羅。

8. NO 食ㄙㄨㄊ：

no suₜᵇ

沒得吃。此句是客語加外語合成的詞彙。

二、笑話
cia` ue'

1. 學美國話
əh' vi go~k~ ue'

是民國四十年(1951)左右，一个
di` vin` go~k~ si` za~p~ ni'　　　zə iu' zi~t~ e'

真有錢令莊脚人，　　恁弄抵好對
zin' u' zi~n~ e' zng' ka' lang'　　in' gia~n~ du hə dui`

美國倒轉來。　　即个莊脚人，　　麼
vi go~k~ də` dng` lai~h~ 。　　zi~t~ e' zng' ka' lang'　　ma`

眞有向學令心，　　想每學一可阿
zin' u' hiong ha~k~ e' sim　　siu~n~ ve~h~ əh' zi~t~ gua a'

啄仔話。　　着問恁後生講："你去
do~k~ a ue' 。　　də` mng` in' hau` sin gong： li ki

美國幾若多啊！　　到底你是會曉
vi go~k~ gui na` dang a ！　　dau` di~t~ li si` e' hiau`

講 美 國 話 猶 未 ？" 恁 後 生 給 講 :
gong vi gok ueˈ iau vueˈ inˈ hauˇ sin gaˈ gong

"會 啊 ，那 會 獪 ！ 父 講 :"安 爾 好 !
eˈ aˈ na eˇ vueˈ beˈ gong an ni həˇ

我 即 陣 着 問 你 :「牛」每 安 怎 講 ？"
quaˇ zit zunˈ dəˇ mngˇ li quˊ veh an zuan gongˇ

孨 講 : "牛 美 國 話 叫 cow 。" 父 講 :
gian gong quˊ vi gok ueˈ giəh beˈ gong

"乎 ！牛 號 做 狗 ， 猶 狗 叫 啥 物 ？"
honˈ quˊ həˈ zəˇ gauˇ iau gauˇ giəh san mih

孨 講 : "狗 叫 dog 。" 父 講 : "狗 號 做
gian gong gauˇ giəh beˈ gong gauˇ həˈ zə

鹿 ， 猶 鹿 叫 啥 物 ？" 孨 講 : "鹿 叫
lok iau lok giəh san mih gian gong lok giəh

deer 。" 父 講 : "鹿 號 做 猪 仔 ， 安 爾
beˈ gong lok həˈ zə diˊ ahˈ an ni

猪 仔 叫 啥 物 ？" 孨 講 : " 猪 仔 叫 pig 。"
diˊ ahˈ giəh san mih gian gong diˊ ahˈ giəh

父 講 : "猪 仔 號 做 鱉 ， 猶 鱉 叫 啥
beˈ gong diˊ ahˈ həˈ zə bihˈ iau bihˈ giəh san

物 ？" 孨 想 一 下 仔 講 : "鱉 叫 turtle 。"
mih gian siun zit eˈ ahˈ gong bihˈ giəh

父 講 ：" 鱉 號 做 土 托 ， 猶 土 托 安
be˩ gong bihˈ hə˩ zə to˅ tuhˈ iau to˅ tuhˈ an

怎 叫 ？" 孬 講 ： " 美 國 猶 无 鮏 魠 魚
zuaₙ giəhˈ giaₙ gong vi gokˌ iau və˅ to˅ tuhˈ hi˅

啊 ！ 僅 徒 伯 下 港 即 有 看 令 ， 我
a gan˩ da˩ lan eˇ gang ziah uˇ kuaₙ eˇ qua

不 知 ， 未 曉 講 。" 父 講 ："无 仔 ，
mˇ zai vueˇ hiauˋ gongˋ be˩ gong və˅ aˈ

我 是 講 ， 是 田 令 ， 迄 種 成 大 粒
quaˋ siˇ gong diˇ canˇ e hiₜ ziong ziaₙˇ duaˇ liaₚ

令 田 貝 ， 麼 號 做 土 托 。" 孬 講 ：
eˇ canˇ bue maˇ hə˩ zə to˅ tuhˈ giaₙˋ gong

"是 美 國 ， 我 攏 看 人 種 麥 仔 ，不
diˇ vi gokˌ quaˋ long kuaₙˋ langˇ zingˋ veˇ aˈ mˇ

別(曾) 看 着 播 田 種 稻 仔 ， 若 是 有
baₜ kuaₙˋ diəhˈ bo canˇ zingˋ diuˇ aˈ na siˇ uˇ

種 ， 怹 攏 用 化 學 肥 料 ， 彼 令 土
zingˇ in˩ long ingˇ hua hakˈ buiˇ liauˋ hia eˇ to˅

托 麼 死 了 了 啊 ！" 父 講 ："安 尒 講
tuhˈ maˇ si liau liauˋ ahˈ be˩ gong an ni gongˋ

麼(也) 有 也(影) 。"
maˇ uˇ iaₙˋ

注：

莊脚人：鄉下人。　抵好：剛好。　阿啄仔：高鼻子，指美
國人。　怹後生：他的孩子。　幾若多：好幾年。　號做：
叫做。　安怎：怎麼。　僅徒：僅僅。　下港：指台灣南部。
成大粒：很大粒。　麼有影：也有道理。

2. 共款 有 話 通 講
　 gang kuan u　ue tang gong

　　先生 用 勝 利 令 氣 口 講　："當 初
　　sian si   ing sing li e   kui kau gong   dong co
我 追 求 妳 令 時 陣 ， 妳 令 朋 友 攏
qua dui gui li e   si zun   li e   bing iu long
笑 我 ， 枵 狗 數 想 猪 肝 骨 ， 即 陣
cioh qua   iau gau siau siu di quan gut   zit zun
妳 都 嫁 與 我 啦 ， 怹 猶 有 什 麼 話
li də ge ho qua a   in iau u   sim mih ue
通 講 。" 太 太 誇 伊 講 ： "怹 講 我 是
tang gong   tai tai kue i   gong   in gong qua si
一 芯 花 插 是 牛 屎 頂 。"
zit lui hue ca di qu sai ding

注：

柺狗：飢餓的狗。　誇：嘲弄、戲謔。

3.自動減速

zuˇ dong^L giam so$_k^b$

一个作穡人，對彼令愛開緊
zi$_t^b$ eˇ zəˋ si$_t$ langˊ duiˋ hia e^L aiˋ kui gin
車令人，感覺成頭疼，无論伊
cia eˇ langˊ gam ga$_k$ zia$_n$ˇ tauˊ tia$_n$ˇ vəˇ lun i^L
用什麼方法，伊攏无法度保證
ingˇ sim mi$_h$ hong^L hua$_t^b$ i^L long vəˇ hua$_t$ do^L bə zingˋ
伊令人兒及鷄仔、鴨仔令安全。
i^L eˇ qin a$_h^b$ ga$_h$ geˊ a$_h^b$ a a$_h^b$ eˇ an^L zuanˊ
尾後，伊想一个好方法。伊是
ve au^L i^L siu$_n$ˇ zi$_t^b$ eˇ hə hong^L hua$_t^b$ i^L diˇ
路邊在一塊大招牌，彼令愛開
lo^L bi$_n$ caiˇ zi$_t^b$ deˋ duaˇ ziau^L baiˊ hia e^L aiˋ kui
緊車令過路客，經過偲兜令時，
gin cia eˇ geˋ lo^L ke$_h^b$ ging^L geˋ in^L dau eˇ siˊ
攏會自動減速。招牌上寫着：
long eˇ zuˇ dong^L giam so$_k^b$ ziau^L baiˊ dingˋ sia diə$_h^b$

"天體營是對面在"。

tian^L te ia_n´ di^ˇ dui^ˋ vin^L

注：

天體營：即是裸體營。　在：裝置。

4. 員外仔令後生

qang^ˇque^L a^L e^ˇ hau^ˇ si_n^L

有一个員外仔，　獨獨生一个

u^ˇ zi_t^b e^ˇ qang^ˇque^L a^L　do_k^b do_k si_n^L zi_t^b e^ˇ

後生，　不却真不幸，　即个人兒

hau^ˇ si_n　m^ gə zin^L bu_t hing^L　zi_t e^L qin a_h^b

實在有夠愚。　疼孫令關係，　員

si_t^b zai^L u^ˇ gau^ˋ qong^L　tia_n^ˋ qia_n^ˋe^ˇ guan^L he^L　quan^ˇ

外仔倩人貼告示，　頭起先，　若

que^L a^L cia_n^ lang´ da^ˋ gə^ˋ si^L　tau^ˇ ki sing　na^ˇ

有法度教恁孫，先別一字 "一"，

u^ˇ hua_t do^L ga^ˋ in^L gia_n^ˋ　sing^L ba_t zi_t^b ji^L　zi_t

伊着每送五萬元（元´）令獎金，　與

i^L də^ˇ ve_h sang^ˋ qo^ˇ van^ˇ ko (quan´) e^ˇ ziong gim　ho^ˇ

教 恁 孨 令 人。　有 一 个 少 年 家，
ga in giaⁿ e lang　u zi_t e siau lian ge

睛 盲 令 不 畏 銃（槍），　着 去 拆 告 示
ciⁿ mi e m ui cing　də ki tiaʰ gə si

應 徵 囉！　即 个 少 年 先 生 麼 成 認
ing zing lo_h　zi_t e siau lian sian sin ma ziaⁿ jin

眞 是 教 即 个 人 兒。　无 賴 久，　先
zin di ga zi_t e qin a_h　və lua gu　sian

生 着 給 員 外 仔 講："您 後 生 成 發
sin də ga quan que a gong　lin hau siⁿ ziaⁿ paʰ

憤，更 成 勢，會 曉 看 "一" 字 囉！"
biaⁿ gəʰ ziaⁿ qau e hiau kuaⁿ zi_t ji lo_h

員 外 仔 聽 着 成 歡 喜，　有 一 工 疼
quan que a tia diəʰ ziaⁿ huaⁿ hi　u zi_b gang cua

恁 孨 合 請 先 生 去 海 邊 彳 亍。　是
in giaⁿ gaʰ ciaⁿ sian sin ki hai baⁿ ti_t tə　di

海 邊，　員 外 仔 俄 枴 仔，　是 海 埔
hai biⁿ　quan que a qia guaiⁿ aʰ　di hai bo

上 寫 一 字 眞 大 字 令 "一" 字。
ding sia zi_b ji zin dua ji e zi_t jiʰ

即 个 人 兒 看 不 別，　先 生 着 是 人
zi_t e qin aʰ kuaⁿ m ba_t　sian sin də di qin

兒令耳仔邊，　給講："這是"一"
ah　e　hi　a　bin　　ga　gong　ze　si　zi

啊。　人兒講："我看過令"一"攏
a　　qin　ah　gong　　qua　kuan　geh　e　　zi　long

麼細細仔，　那有赫大字呢？"
ma　se　se　a　　na　u　hia　dua　ji　ne

注：

睛盲的不畏銃：自告奮勇，不管結果如何。　先生：老師。

俄：拿。

5. 无飯食
və　bng　zia

一个人兒是啼啼哭哭，　恁老
zi　e　qin　ah　di　ti　ti　kau　kau　　in　lau

父問伊哭啥物？　人兒講："我腹
be　mng　i　kau　san　mih　　qin　ah　gong　　qua　bak

肚枵。"老父搔着人兒令尻脊骿
do　iau　　lau　be　sə　də　qin　ah　e　ka　zia　pian

講："乖弄，你　每食啥物儘量講，
gong　guai　gian　li　　veh　zia　san　mih　zin　liong　gong

无論 龍肝 抑是 鳳髓，　　我 攏 會 替
və̌ luň linǧ guan̖ aʜ si̍ honǧ ce̖　　qua̖ long ě te̖

你 找 來。」人 兒 講：「茲 令 我 攏 无
li ce̍ lai̍　　　qin aʜ gong　　zia e qua̖ long və̌

愛，我 僅 徒 每 飯 食。」老 父 罵 講：
aǐ　qua̖ gan̍ da̍ veʜ bng̍ ziaʜ　laǔ be̍ mǎ gong

「未 出 脫，　　串 揀 茨 內 无 維。」
vuě cut tuat̖　　cuan̖ ging̖cu̖ lai̍ və̌ e

注：

尻脊骿：背部。　未出脫：沒出息。

6.一塊 海 翁 肉
　zit̖ de̖ hai ang̍ vaʜ

　一个 公 司 令 職員，　抵 好 領 着
　zit̖ ě gong si ě zit quaň　du hə lian̖ diəʜ

薪 水，　着 毋 太 太 去 一 間 眞 大 間
sin̍ sui̖　də̌ cuǎ tai taǐ ki zit̖ ging̍ zin̍ duǎ ging̍

令 餐 廳 食 飯。　食 了 飯，　伊 叫 數
ě can̍ dian̖ ziaʜ bng̍　ziaʜ liau bng̍　i̍ giəʜ siau̖

櫃算數。　結數令時陣，　伊講：
gui　sng　siau　　get　siau　e　si　zun　　　i　gong

"一杯酒着則尔多錢噢？"　　數櫃
zit　bue　ziu　dieh　ziah　ni　zue　zin　oh　　　siau　gui

講："是啊！　本店一杯酒是照一
gong　si　a　　　bun　diam　zit　bue　ziu　si　ziau　zit

矸酒落計算令，　其他令菜色麼
gan　ziu　leh　ge　sng　e　　　gi　ta　e　cai　sek　ma

是共款。"職員令家後聽了後，
si　gang　kuan　　zit　quan　e　ge　au　tian　liau　au

面忽然間慄色。　佇翁驚一下，
vin　hut　jian　gan　lek　sek　　　in　ang　gian　zit　e

緊問講："你是安怎，有要緊无？"
gin　mng　gong　　　li　si　an　zuan　u　iau　gin　və

某講："抵即我吃一塊海翁肉。"
vo　gong　　　du　ziah　qua　zia　zit　de　hai　ang　vah

注：
數櫃：賬房。　家後：太太。　海翁：鯨魚。

7.十五个生相

zap qol e' sin siun'

聽講是清朝康熙年間，　大陸
tian gong di' cing diau kong hi ni' gan　dai' liok

有一个落魄令相命仙，　聽人講
u' zit e' lok pek e' siong mian' sian　tian lang' gong

台灣錢淹脚目，　着蹱踉蹱踉坐
dai' uan' zin' iam kat va　də' lok song' lok song ze'

船過海來台灣。　船徛鹿港，　既
zun' ge hai' lai' dai' uan'　zun' gau lok gang　ziah

落船行无賴遠，　經過一个草埔
lə' zun gian' və' lua' hng　ging ge zit e' cau bo

仔，　着聽一个飼牛人兒騎於牛
ah　də' tian zit e' ci qu' qin ah kia e qu'

上，成大聲是唸："鼠牛虎兔猫，
ding' zian' dua' sian di liam'　cu' qu' ho' to' niau

龍蛇馬羊鹿，　猴鷄狗猪鴨。"令
ling' zua' ve' iun' lok　gau' ge gau di ah'　　e'

生相歌。相命仙屈指一下算，攏
sin siun' gua　siong mian' sian kut zi' zit e' sng'　long

總 有 十 五 个 ， 比 一 般 加 唸 出 猫
zong u za$_p$ qo e bi it bua$_n$ ge liam cut niau

鹿 鴨 三 个 生 相 。 伊 心 內 感 覺 眞
lo$_k$ a$_h$ san e sin siun i sim lai gam ga$_k$ zin

奇 怪 ， 着 行 倚 去 問 人 兒 講 ："你
gi guai do gian uan ki$_h$ mng qin a$_h$ gong li

抵 既 唸 令 是 不 是 十 二 生 相 ？" 人
du zia$_h$ liam e si m si za$_p$ li sin siun qin

兒 目 珠 圓 輪 輪 ， 着 對 伊 講 ："啥
a$_h$ va$_k$ ziu i$_n$ lun lun do dui i gong san

物 十 二 生 相 ， 是 十 五 生 相 ， 阮
mi$_h$ za$_p$ li sin siun si za$_p$ qo sin siun qun

攏 麼 是 安 尔 唸 令 。" 相 命 仙 聽 一
long ma si an ni liam e siong mian sian tian zi$_t$

下 ， 人 遂 顯 顯 ， 失 神 失 神 企 於
e lang sua$_h$ qang qang si$_t$ sin si$_t$ sin kia e

彼 ， 心 內 想 講 ："我 所 學 令 是 照
hia sim lai siun gong qua so ə$_h$ e$_h$ si ziau

十 二 个 生 相 落 算 維 ， 即 聲 加 三
za$_p$ li e sin siun lə$_h$ sng e zi$_t$ sian ge san

个 ， 今 每 安 怎 賺 食 落 去 ？" 伊 着
e dan ve$_h$ an zuan zuan zia$_h$ lə$_h$ ki i do

无`意｀无`意｀原`船`坐`倒`轉`，　　不`敢`滯`
vəˇ iˉ vəˇ iˉ quanˇ zunˇ zeˇ də dngˋ 　　mˇ gan duaˋ

於 台`灣`撈`了`。
e daiˇ uanˊ lə liauˋ 。

注：
躑躅：悠哉。　行倚：走靠近。　圓瞵瞵：目大又圓。　顜
顜：楞住了。　失神失神：沒精打采。　撈：喻混下去。

　　關於十二生相（肖）發源於什麼時侯？據清人趙翼（甌
北）的（陔餘叢考）記載，約在東漢以後，並且以「紀年」
爲主要用途：「北俗初无所謂子丑寅卯之十二辰，但以鼠牛
虎兔分紀歲時，浸尋流傳於中國，遂相沿不廢耳。」宋代大
儒朱熹曾經問蔡季通：「十二生相起於何時？首見何書？」
蔡季通答不上來。清代的史學家趙甌北考來考去，也考不出
一個確實的結果，恐怕十二生肖的源起永遠是個謎。下面一
首生肖歌。

生`相`歌`
siₙˋ siuₙˇ gua

一`鼠`賊`仔`名`，二`牛`駛`犁`兄`，
iₜ cuˇ caₜ a miaˊ liˇ quˇ sai leˇ hiaₙ

三虎爬山坪，四兔遊東京，

sam˪ hoˋ beˊ sua$_n$˪ pia$_n$ˊ suˋ toˇ iuˇ dang˪ gia$_n$

五龍皇帝命，六蛇與人驚，

qo$_n$ liongˊ hongˇ deˋ mia˪ lio$_k$^{b} zuaˊ ho˪ langˇ gia$_n$

七馬走兵營，八羊食草嶺，

ci$_t$ meˋ zau bing˪ ia$_n$ˊ ba$_t$ iu$_n$ˊ zia$_h$^{b} cau lia$_n$ˋ

九猴爬樹精，十雞啼三聲，

giu gauˊ beˋ ciu$_n$ˇ zia$_n$ si$_p$^{b} ge tiˇ sa$_n$˪ sia$_n$

十一狗仔顧門庭，

si$_p$^{b} i$_t$ gau a$_h$^{b} goˋ mngˇ dia$_n$ˊ

十二猪仔菜刀命。

si$_p$^{b} ji˪ duˊ a$_h$^{b} caiˋ də˪ mia$_n$˪

三、雜ㄗㄚ^ㄅ錯ㄘㄜˋ（細ㄙㄜˋ）記ㄍㄧˇ
zaₚᵇ cəˋ seˋ giˇ

㈠兜ㄉㄠ 字ㄗㄥ 仝ㄜˋ 連ㄌㄢˇ 想ㄒㄧㄨ
dau jiᴸ eˇ lianˇ siuₙᴸ

閩ㄧㄣˇ南ㄌㄢˊ居ㄎㄧㄚˇ家ㄍㄜ 眞ㄐㄧㄣ 四ㄒㄧ 正ㄐㄧㄢˇ，
vinˇ lamˊ kiaˇ ge zinᴸ siˋ ziaₙˇ

公ㄍㄥ媽ㄇㄚˋ俟（在）ㄞˇ於ㄜ 正ㄐㄧㄢˋ大ㄉㄨㄚ廳ㄊㄢ，
gong maˋ caiˇ e ziaₙˋ duaˇ tiaₙ

正ㄐㄧㄢˋ平ㄅㄥˊ護ㄏㄛˇ龍ㄌㄥˊ店ㄉㄧㄢˋ大ㄉㄨㄚ兄ㄏㄧㄢ，
ziaₙˋ bingˊ hoˇ lingˊ diamˋ duaˇ hiaₙ

倒ㄉㄛˋ平ㄅㄥˊ護ㄏㄛˇ龍ㄌㄥˊ滯ㄉㄨㄚ二ㄗˋ囝ㄍㄧㄢˋ。
dəˋ bingˊ hoˇ lingˊ duaˋ jiˇ giaₙ

注：

公媽：祖宗牌位。　俟於：安置在。　正平：右邊。　護龍：
兩側所建的房舍。　倒平：左邊。　居；店；滯：住的意思。
大兄：大兒子。　二囝：二兒子。　店：正字賃，與站係同義語。

四、面用磚箍牆圍，
si vin ing zng ko ciu_n ui

中央即做入門開，
diong ng zia_h zə ji_p mng kui

親像口字是開嘴，
cin ciu_n kau ji di kui cui

內底曝稻弄粟堆。
lai due pa_k diu_n kng ce_k dui

注：

箍：圍圈。　弄：放置。　粟堆：稻谷堆在一起。

兄像口字行兩腳，
hia_n ciu_n kau ji gia_n nng ka

開嘴加白是伯家，
kui cui ge be_h si lan ga

茨及兜有小可差，
cu ga_h dau u siə kua ca

兜令空間有加佳。
dau e kong gan u ka_h ga

注：

茨：只是建築的房舍。　兜：在圍牆裡的一切空間。第二句
即是 " 兜 " 字。

> 麼ㄇ 有ㄨˇ 大ㄉㄚˇ 茨ㄘㄨ 五ㄍㄜ 落ㄌㄜˊ 起ㄎㄧˋ，
> ma u dua cu qo lə ki
>
> 頭ㄊㄠˇ 前ㄐㄧ 魚ㄏㄧ 池ㄉㄧ 後ㄍㄨㄥ 果ㄍㄨ 子ㄗ，
> tau zing hi di au gue ji
>
> 中ㄉㄧㄥ 央ㄇ 空ㄎㄥ 令ㄜ 在ㄘㄞˇ 官ㄍ 旗ㄍㄧ，
> diong ng kang e cai gua$_n$ gi
>
> 非ㄏㄜ 是ㄒㄧ 官ㄍ 家ㄍㄚ 人ㄌㄤ 安ㄇ 居ㄍㄧ。
> he si gua$_n$ ga lang an gi

注：

在官旗：豎建旗杆。舊時官家大廳前都有豎立官旗。　果子：
水果樹及園藝。　非是：那就是。非是彼，先是物理位，後
來才轉作價值位，即英文的 that。

㈡ 了ㄌㄧˇ 點ㄎㄝ 仔ㄚ 話ㄨㄝㄥ （俏皮話及雙關語）

li˅　ke_t　a　ue˩

1. 司ㄙㄨㄥ 機ㄍㄧㄥ 食ㄐㄧㄚ 飽ㄅㄚ 駛ㄙㄞ（屎）着ㄉㄜ 緊ㄍㄧㄣ 。

su˩　gi　zia_h　baˋ　saiˋ　　də˅　ginˋ

2. 酒ㄐㄧㄡ 飲ㄌㄧㄇ 是ㄒㄧ（死）好ㄏㄜ 。

ziuˋ　lim　si˅　　　həˋ

3. 食ㄐㄧㄚ 物ㄇㄧ 件ㄍㄧㄚㄣ 着ㄉㄧㄜ 我ㄍㄨㄚ ，做ㄗㄜ 功ㄍㄤ 課ㄎㄝ 着ㄉㄧㄜ 伯ㄌㄢ（懶）。

zia_h　mi　gia_n˩　diə_h　quaˋ　　zəˋ　kang˩　ke˩　diə_h　lanˋ

4. 聽ㄊㄧㄚㄣ 着ㄉㄧㄜ 博ㄅㄨㄚ 局ㄍㄧㄠ 我ㄍㄨㄚ 着ㄉㄜ 去ㄎㄧ（氣）。

tia_n˩　diə_h　bua˅　giau　quaˋ　də˅　ki˅

5. 飲ㄌㄧㄇ 酒ㄐㄧㄡ 蓋ㄍㄞ（戒）不ㄇ 好ㄏㄜ 。

lim˩　ziuˋ　gai　　　m˅　həˋ

6. 看ㄎㄨㄚ 人ㄌㄤ 食ㄐㄧㄚ 薰ㄏㄨㄣ 火ㄏㄝ 着ㄉㄜ 熁ㄉㄜ 。

kua_nˋ　lang˅　zia_h　hun　heˋ　də˅　də_h

7. 伊ㄧ 眞ㄐㄧㄣ 勢ㄍㄠ 畫ㄨㄝ 山ㄙㄢ 水ㄙㄨㄧ 。

i˩　zin˩　qau˅　ue˅　san˅　suiˋ

8. 眞ㄐㄧㄣ 勢ㄍㄠ 落ㄌㄠ 下ㄝ 頦ㄏㄞ 。

zin˩　qau˅　lau˅　e˅　hai˅

9. 一ㄐㄧ 歲ㄏㄝ 一ㄐㄧ 歲ㄏㄝ 差ㄗㄨㄚ ，　 行ㄍㄧㄚ 路ㄌㄜ 磕ㄎㄛ 磕ㄎㄛ 跋ㄅㄨㄚ ，

zi_t　he˅　zi_t　heˋ　zuah　　　gia_n˅　lo˩　ko_k　ko_k　buah

倒落眠床，目珠瞌瞌加快活。

də lə vin cng vak ziu kueh kueh kah kuain uah

10. 好天砧，雨來黏，荣酺根仔，

hə tin diam　　ho lai liam　cai bo gun ah

罔咬鹹。

vong ga giam

11. 公眾姑，滿廳摸，摸无一碗，

gong zing go　　mua tian mo　　mo və zit uan

通孝孤。

tang hau go

12. 茶盤金金，茶甌深深，新娘，

de buan gim gim　　de au cim cim　　sin niu

合新郎若无相沾，即杯甜茶，

gah sin long na və sia zim　　zit bue din de

不敢給你飲。

m gan ga li lim

13. 看着一个影，着生一个弄。

kuan diəh zit e ian　　də sin zit e gian

此巷無路，看做北港魚跳。

cu hang və lo　　kuan zə bak gang hi tiau

王氏家廟，看做土民豬朝。

ong si ga viə　　kuan zə to vin di diau

何ㄏㄜ 瑞ㄙㄨㄧ 奇ㄍㄧ 醫ㄧ 科ㄎㄜ ， 看ㄎㄨㄚ 做ㄗㄜ 阿ㄚ 端ㄉㄨㄢ 哥ㄍㄜ 醫ㄗㄧㄨ

hə˪ sui˪ gi´ i˪ kə   kuaₙ˪ zə˪ a˪   duanˡ gə ziuₙ˪

料ㄌㄧㄠ 。

liauˡ

注：

1. 司機吃飽(1)駕駛就快；(2)就想（上廁所）大便。駛係正字，
   俗寫作駛。

2. (1)喝酒很好；(2)酒喝死好了。

3. 吃東西要我，(1)做工作要我們；(2)做工作就懶。

4. 聽到賭博我(1)就去；(2)就生氣。

5. 飲酒(1)很不好；(2)不要戒。

6. 看人家抽煙(1)火要着；(2)就很火大。

7. 他很會(1)繪畫；(2)吹噓。

8. 落下巴本不是一件好事，但說話嘴巴要動。此句並無壞的
   意思，喻很會講話。這還要看說話人的態度與語氣。

9. 年紀一年比一年差，走路不穩一直會跌倒，還是倒在床上，
   閉着眼睛比較舒服。

10. 在台灣經濟還沒有起飛之前，台北林口地區，都是茶園，
    一般百姓生活情況並不好。道路沒鋪柏油，都是石子路、
    泥土路。因爲林口地區泥土黏性高，才有此句"了點仔話"。
    其意：天氣晴時，走路砭腳；雨天時，走路黏腳；吃稀飯

勉強用蘿蔔乾當菜配着吃。

11. 以前醫學不發達，婦女沒辦法避孕，兒女一大堆，相對的
    媳婦就多。如果其中一兩位媳婦不孝，這位做婆婆的，年
    老可能找不到飯吃。姑：婆婆。孝孤：孝敬那些孤魂野鬼，
    此詞彙並不是好話。

12. 亮亮的茶盤，深深的茶杯，新娘如沒有和新郎接吻，這杯
    甜茶不敢喝。

13. 豬朝：正字豬溷，即豬舍。朝與溷同音。

四、愚 孬 婿

qong˅ gia_n sai˅

阮 阿 姑 是 我 細 漢 囝 時 陣 ， 定
quan` a go di˅ qua sue` han˅ e˅ si˅ zun˩ dia_n˅

定 講 一 可 故 事 與 阮 聽 。 她 講 ：
dia_n˅ gong zi_t' gua go` su˩ ho˅ quan tia_n i˩ gong

有 一 个 愚 孬 婿 每 去 給 恁 丈 人 做
u˅ zi_t' e˅ qong˅ gia_n sai˅ ve_h ki ga˅ in˩ diu_n˅ lang˅ zə

生 日 ， 迄 工 恁 某 因 為 猶 是 月 內 ，
si_n˩ ji_t hi_t gang in˩ vo` in˅ ui˅ iau di˅ que˅ lai˩

未 中 (得通) 參 恁 翁 做 陣 轉 外 家 。 着
vue˅ dang` cam˩ in˩ ang zə din˩ dng qua˅ ge də˅

給 恁 翁 講 ： " 你 去 阮 外 家 彼 事 事
ga˅ in˩ ang gong` li` ki quan qua˅ ge hia su˅ su˅

項 項 着 愛 加 精 光 囝 ， 有 啥 物 未
hang˅ hang˩ diə_h' ai` ka_h zing˩ gong e_h' u˅ sa_n mi_h vue

曉 囝 代 誌 着 愛 請 教 人 。 " 伊 着 扛
hiau` e˅ dai˅ zi˅ diə_h' ai` cing gau˅ lang˅ i˩ də˅ gng

恁　某　已　經　詮　佫　足　豐　沛　令　豬　腳、
in　vo　i　ging　cuan　ga　ziok　pong　pai　e　di　ka

麵　線、　鷄、　鴨、　布　料　等　等　去　囉。　是
mi　suan　ge　ah　　bo　liau　ding　ding　ki　loh　di

路　咧，　　伊　抵　着　一　可　胡　蠅　是　一　坏
lo　le　　　i　du　diah　zit　gua　ho　sin　di　zit　pu

牛　屎　頂。　　伊　一　下　行　過，　　胡　蠅　着
qu　sai　ding　i　zit　e　gian　geh　　　ho　sin　da

「啪」　一　下　飛　起　來。　　伊　着　問　抵　好
pa　zit　e　be　ki　lai　　　i　da　mng　du　ha

對　彼　過　令　人。　　人　給　講：　"胡　蠅　沾
dui　hia　ge　e　lang　　lang　ga　gong　　ho　sin　zam

屎　疕，我　來　就　匑　起。"　伊　聽　了　後，
sai　pi　qon　lai　ziun　be　ki　　i　tian　liau　au

成　歡　喜，　　着　將　即　句　話　記　下。　　更
zian　huan　hi　　　da　ziong　zit　gu　ue　gi　e　　geh

繼　續　行，　　行　佫　一　个　人　是　用　新　令
ge　siok　gian　　gian　gau　zit　e　lang　di　ing　sin　e

竹　仔，　　替　換　已　經　漚　令　舊　竹　仔。
dek　ah　　　tue　uan　i　ging　au　e　gu　dek　ah

伊　着　問　迄　个　人　是　創　啥　貨？　迄　个
i　da　mng　hit　e　lang　di　cong　san　he　　hit　e

人 給 伊 講 ："新 籬 貼 舊 籬 ， 　漸 漸
lang´ ga$_L$ i$_L$ gong sin$_L$ li´ tiap gu˘ li´ 　ziam˘ ziam$_L$

罔 過 時 。"伊 聽 了 後 ， 　全 款 成 歡
vong ge˘ si´ 　i$_L$ tia$_n$ liau au$_L$ 　gang˘ kuan zia$_n$˘ hua$_n$

喜 給 記 下 ， 　原 來 迄 个 人 着 是 是
hi˘ ga$_L$ gi˘ e˘ 　quan˘ lai´ hi$_t$ e$_L$ lang´ də˘ si˘ di

圍 菜 園 仔 令 籬 笆 。 恁 驚 會 鷄 啦！
ui˘ cai` hng´ a$_h$ e˘ li´ ba 　in$_L$ gia$_n$ e ge la$_h$˙

鴨 啦！ 　來 損 斷 。 　更 再 行 ， 　行 徛
a$_h$˙ la$_h$˙ 　lai˘ sng dng$_L$ 　gə$_h$ zai˘ gia$_n$´ 　gia$_n$´ gau˘

一 个 所 在 ， 　田 有 懸 低 坵 ， 　頂 坵
zi$_t$ e˘ so zai$_L$ 　can´ u˘ guan´ ge˘ ku 　ding ku

令 田 水 是 潦 令 ， 　流 落 下 坵 清 水
e˘ can´ zui˘ si˘ lə˘ e 　lau˘ lə˘ e˘ ku cing zui˘

令 田 ， 　伊 着 問 是 彼 作 穡 令 人 。
e˘ can´ 　i$_L$ də˘ mng˘ di˘ hia zə` si$_t$ e˘ lang´

人 給 伊 講 ："水 流 憧 憧 ， 　水 色 不
lang˘ ga$_L$ i$_L$ gong` zui` lau´ tong tong 　zui se$_k$˙ bu$_t$

相 同 。"伊 聽 了 後 全 款 成 歡 喜 給
siong$_L$ dong´ i$_L$ tia$_n$ liau au$_L$ gang˘ kuan zia$_n$˘ hua$_n$ hi˘ ga$_L$

記 起 來 。 　又 更 行 ， 一 面 唱 山 歌 ，
gi˘ ki˘ lai˘ 　iu˘ gə$_h$ gia$_n$´ zi$_t$ vin˘ ciu$_n$˘ san gə

一面　四界　看，　　行路　一坵　田，　　成
zit vin si gue quan　　gian gau zit ku can　　zian

多　白翎鷥，　　白翎鷥　是　田　中　央　啄
zue be ling si　　be ling si di can diong ng dok

魚仔，　看　伊　來，　　並　无　驚　人，　頭
hi ah　　kuan i lai　　bing və gian lang　tau

敬敬　是　看　伊。　過路　令　人　給　伊　講：
ki ki di kuan i。　ge lo e lang ga i gong

"白翎鷥，看　人　頭　敬敬。"　伊　全　款
be ling si　kuan lang tau ki ki　　i gang kuan

謹　記　在　心　內，　　是　不　知　不　覺　中，
gin gi zai sim lai　　di but di but gak diong

行路　偍　丈人　滯　令　所　在。　　偍　丈人
gian gau in diun lang dua e so zai　　in diun lang

是　一　个　員外，　　錢　有　勢　有，　倩　令
si zit e qang que　　zin u se u，　cian e

人　更　多，　　逐家　是　樹　下　開　講，　　看
lang gəh zue　　dak ge di ciun e kai gang　　kuan

着　愚　孬　婿　行路，一　可　兄　弟　姐　妹，
diəh qong gian sai gian gau　zit gua hian di zi ve

及　姑　姨　舅　妗，　　都　企　起　來。　　愚　孬
gah go i gu gim　　də kia ki laih。　　qong gian

婿　頭　一　句　話　着　給　恁　講：“胡　蠅　沾
sai　tau　zi_t　gu　ue　də　ga　in　gong　　ho　sin　zam

屎　疕，　　　我　來　就　欲　起　。”　是　彼　令　人
sai　pi　　　qo_n　lai　ziu　be　ki　　　di　hia　e　lang

着　講：“春　生　仔，　　　今　仔　日　赫　努，
də　gong　　cun　sing　a_h　　　gin　a　ji_t　hia_h　qau

講　話　猶　會　誇　人　。”　是　酒　宴　中，　一
gong　ue　iau　e　kue　lang　　di　ziu　ian　diong　　zi_t

可　人　刁　工　給　伊　創　治，　　伊　面　頭　前
gua　lang　diau　gang　ga　i　cong　di　　　i　vin　tau　zing

排　令　箸　是　新　舊　兩　踦　无　相　像　。　伊
bai　e　du　si　sin　gu　lng　ka　və　siə　siang　　　i

着　講：“新　籬　貼　舊　籬，　　　漸　漸　罔　過
də　gong　　sin　li　tia_p　gu　li　　　ziam　ziam　vong　ge

時　。”　等　佫　陳　酒　令　時　陣，　　恁　刁　工
si　　　dan　gau　tin　ziu　e　si　zun　　　in　diau　gang

用　兩　種　色　水　无　全　款　令　酒　陳　下　伊
ing　lng　ziong　se_k　zui　və　gang　kuan　e　ziu　tin　e　i

令　酒　甌　仔。伊　着　講：“水　流　吮　吮，
e　ziu　au　a_h　i　də　gong　　zui　lau　tong　tong

水　色　不　相　同　。”酒　宴　結　束　了　後，
zui　se_k　bu_t　siong　dong　　ziu　ian　ge_t　so_k　liau　au

伊 着 給 怹 丈 人 、　　丈 姆 、　　親 情 朋
i dəˇ gaˇ in diu$_n$ lang´ diu$_n$ m` cin zia$_n$´ bingˇ

友 相 辭 每 轉 茨 囉 。　　眞 多 人 看 着
iu` siə si´ veh dng cuˇ loh 　　zin zue´ lang´ kua$_n$ diəh

即 个 愚 孬 婿 今 仔 日 令 表 現，　有
zi$_t$ e´ qongˇ gia$_n$ sai´ gin a ji$_t$ e´ biau hian u`

令 是 綉 樓 頂 着 探 頭 出 來 給 伊 發
e´ di´ siu` lau´ ding` dəˇ tam` tau´ cu$_t$ lai´ gaˇ i pa$_h$

聊 涼 。　伊 着 給 怹 講：“白 翎 鷥，
laˇ liang´ i dəˇ gaˇ in gong` beˇ ling´ si

看 人 頭 敬 敬 。”有 人 給 怹 丈 人 講
kua$_n$ lang´ tau´ ki ki u` lang´ gaˇ in diu$_n$ lang´ gong

：“您 諸 母 孬 ，　實 在 眞 勢 ，　教 及
lin za vo gia$_n$ si$_t$ zai zin qau´ ga ga$_h$

您 孬 婿 即 擺 則 尔 精 光 ，　講 話 又
lin gia$_n$ sai´ zi$_t$ bai` zia$_h$ ni´ zing gong gong ue iu$_n$ˇ

更 會 誇 人 ，　人 是 講：第 三 諸 母
gə$_h$ e´ kue lang lang´ di gong de´ sa$_n$ za vo

孬 食 命 ，　大 概 有 影 噢 。”
gia$_n$ zia$_h$ mia dai´ gai u` ia$_n$` o´

注：

一可：一些。　　愚孨婿：笨女婿。　　月內：生育作月子。　　精
光：精明。　　詮：準備。　　豐沛：豐盛。　　抵着：碰到。　　一
坯：一堆。　　漚的：腐爛。　　屎疕：糞乾。　　損斷：損壞。　　潦
的：混濁的。　　誇人：諷刺。　　刁工：故意。　　相像：相同。
罔過：勉強過。　　陳酒：斟酒。　　色水：色澤。　酒甌：酒杯。
發聊涼：開玩笑，聊天。　　頭敧敧：偏着頭。　　則尔：這麼。

五、卻話尾

kiəh ueˇ vueˋ

1. 烏 矸 仔 底（貯） 豆 油 ：　無 地 看 。
   o　gan　aₕᵇ　due　　dauˇ iuˊ　　　vəˇ　deˋ　kuaₙˇ
   黑瓶子裝醬油，都是黑色，喻看不出。

2. 鴨 仔 聽 雷 ：　聽 无 。
   aₕ　aₕᵇ　tiaₙᴸ luiˊ　　tiaₙᴸ　vəˊ
   即聽不懂。

3. 啞 口 維 寠 死 囝 ：　膾 哼 。
   e　gauˋ e　deˋ si giaₙˋ　　vueˇ haiₙ
   啞吧壓死孩子，即哭不出來。寠：壓。

4. 土 地 公 發 不 見 ：　失 神 。
   to　deˇ gong paₕ　mˇ giₙˇ　　sitₜ　sinˊ
   喻精神恍惚。“發不”合音pangˋ。

5. 紅 龜 粿 抹 油 ：　秀 面 。
   angˇ guᴸ gueˋ vuaˋ iuˊ　　　sui　vinᴸ
   喻面子大。

6. 幼稚園招生： 老不修（收）。
iu di hng ziə sing lau bu siu
老的不收。修與收同音，即老風流。

7. 剃頭店公休： 无你法（理髮）。
ti tau diam gong hiu və li hua
你法與理髮同音，即對你沒辦法。

8. 狗吠火車： 无路用。
gau bui he cia və lo ing
喻沒有作用。

9. 半斤雞仔四兩頭：大頭家（雞）。
bua gun ge a si liu tau dua tau ge
即大老闆。

10. 鴨卵鍘簽： 沓沓滴滴。（擬態與聲）
a lng cua ciam dap dap dih dih
即零零碎碎的。鍘簽：刨成絲狀。

11. 銃子發着肚臍孔： 注死維。
cing zi pah diə do zai kang zu si eh
子彈打到肚臍眼，準死無疑，即死定了。

12. 姜子牙釣魚： 散仙。
kiong zu qa diə hu sua sian
姜子牙那根釣魚線很管用，線與散同音，喻沒有責任感的
人。

13. 種匏仔生菜瓜： 有夠衰。
zing` bu` a_h` si_n` cai` gue　　u` gau` sue
種下因得不到所要的果。實在夠倒霉。

14. 籠盛蓋无密： 漏氣。
lang` sng` kam` və` va_t　　lau` kui`
籠盛即蒸籠，沒蓋好。喻很沒面子。

15. 阿婆仔蹈山： 邊仔喘。
a` bə` a be` sua_n　　bi_n a cuan`
老太婆體力較差，登山時常常需要休息，休息時當然要在路邊。喻沒你的事。

16. 麥牙膏罐： 愛人譙。
ve` qe` gə guan`　　ai` lang` giau`
麥牙膏黏性高，取用時常用筷子撬。撬與譙同音，即要人罵。

17. 食蟳： 興講(管)。
zia_h` zim`　　hing` gong`
吃螃蟹時，那兩支蟹管最好吃。管與講同音，喻喜歡講話。

18. 墨鰂(賊)仔頭： 无血无目屎。
va_k` za_t a tau`　　və` hui` və` va_k` sai`
烏賊這種海生動物，沒有血也不會流淚。喻冷血動物，沒有人性。

19. 雞ㄍㆤ 啄ㄉㆲ 鈕ㄌㄧㄨ 仔ㄚㆷ： 无ㄈㆦㄟ 采ㄘㄞ 嘴ㄘㄨㄧ 。
    ge do_k liu a_h   və cai cui
鈕扣不能吃，雞啄它沒有用處。喻浪費口舌。

20. 大ㄉㄨㄚ 炮ㄆㄠ 發ㄆㄚㆷ 粟ㄘㆤㄍ 鳥ㄐㄧㄠ： 成ㄐㄧㄚㄋ 无ㄈㆦㄟ 采ㄘㄞ 。
    dua pau pa_h ce_k ziau   zia_n və cai
大材小用，喻很浪費。

21. 火ㄏㆤ 燒ㄒㄧㄜ 竹ㄉㆤㄍ 仔ㄚ 林ㄋㄚ： 无ㄈㆦㄟ 的ㄉㆤㄍ 確ㄎㄚ 。
    he siə de_k a na   və de_k ka_k
火燒竹林，把竹殼都燒掉了，變成無竹殼。竹殼與的確同
音，喻不確定。

22. 葯ㄧㄜ 店ㄉㄧㆰ 仔ㄚ 甘ㄍㆰ 草ㄘㄜ： 雜ㄗㄚㆴ 插ㄘㄚㆴ 或雜ㄗㄚㆴ 差ㄘㄚㆴ 仔ㄚㆷ 。
    iə diam a gam cə   za_p ca_p za_p ca_p a_h
甘草在中藥裡頭，能與其他藥材摻在一起，且較不苦，故
很多藥方都加甘草。雜插喻多管閒事。雜差仔是雜役。

23. 司ㄙㄞ 功ㄍㆲ 拍ㄆㄚㆷ 桌ㄉㄜㆷ： 嚇ㄏㆤ 鬼ㄍㄨㄧ 。
    sai gong pa_h də_h   he gui
道士作法事，拍桌子只有鬼可以嚇了。喻怕什麼，誰也不
怕你嚇倒。

24. 脚ㄎㄚ 底ㄉㆤ 抹ㄅㄨㄚ 粉ㄏㄨㄋ： 庄ㄗㆭ 脚ㄎㄚ 。
    ka de vua_h hun   zng ka
脚底擦粉是裝扮脚下，妝與庄同音，即是鄉下。

25. 接ㄐㄚ骨ㄍㄨㄊ師ㄙㄞ傅(父)ㄏㄨ ： 轇ㄅㄠ脚ㄎㄚ手ㄑㄧㄨ。

zia$_p$ gu$_t$ sai$^{\llcorner}$ hu　　　dau$^{\backslash}$ ka$^{\llcorner}$ ciu$^{\backslash}$

接骨師專門醫治骨骼。轇意組合。喻幫忙。

六、俗語

siə$_k$　　qu`

1. 少年若不別想，　　食老着不成
   siau` lian´ na` m` ba$_t$ siu$_n$^L　zia$_h$ lau də` m` zia$_n$`
   樣。
   iu$_n$^L
   若：如果。別：曾，會。着：就。意年輕時不學好，年老就糟糕。

2. 開花滿天芳，　　結子即驚人。
   kui^L hue va$_n$ ti$_n$ pang　　ge$_t$ zi` zia$_h$ gia$_n$^L lang´
   芳：香。結子：結果實或瓜子。開花滿地，不如結果實在。

3. 偷拈偷捻，　　一世人欠。
   tau^L ni tau^L liam´　　zi$_t$` si` lang´ kiam`
   好佔小便宜，一輩子沒有好下場。

4. 細孔不補，　　大孔叫苦。
   se` kang m` bo`　　dua` kang gia` ko`
   防微杜漸。

5. 倖ㄒㄧㄥˇ 猪ㄉㄨ 俄ㄍㄧㄚˇ 灶ㄗㄠˇ，　倖ㄒㄧㄥˇ 弄ㄍㄧㄢˋ 不ㄅㄨㄊ 孝ㄏㄠˇ。

sing˘ du qia˘ zau˘　　sing˘ gia$_n$ˋ bu$_t$ hau˘

不能過分放縱、寵愛。

6. 緊ㄍㄧㄣ 紡ㄆㄤˋ 无ㄅㄛˇ 好ㄏㄜ 紗ㄙㄜ，緊ㄍㄧㄣ 嫁ㄍㄝˇ 无ㄅㄛˇ 好ㄏㄜ 大ㄉㄚˋ 家ㄍㄝ。

gin pang˘ vǝ˘ hǝ se　　gin ge˘ vǝ˘ hǝ da^L ge

大家：婆婆。意急於求成，適得其反。

7. 人ㄌㄤ 飼ㄘㄧˇ 人ㄌㄤˇ 一ㄐㄧㄊ 支ㄍㄧˋ 骨ㄍㄨㄊ，　天ㄊㄧ 飼ㄘㄧˇ 人ㄌㄤˇ 肥ㄅㄨㄟˇ 隽ㄗㄨㄊ

lang˘ ci˘ lang˘ zi$_t$ˋ gi^L gu$_t$ˋ　　ti$_n$ ci˘ lang˘ bui˘ zu$_t$

隽ㄗㄨㄊ。

zu$_t$ˋ

肥隽隽：很肥。喻人要順其自然，而不可違反自然。

8. 神ㄒㄧㄣ 仙ㄒㄧㄢ 拍ㄆㄚㄏ 鼓ㄍㄜˋ 有ㄨˇ 時ㄒㄧˇ 錯ㄘㄜˇ，　脚ㄍㄚˋ 步ㄅㄛˋ 踏ㄉㄚˇ 錯ㄘㄜˇ

sin˘ sian pa$_h$ go˘ u˘ si˘ cǝ˘　　ka^L bo^L da˘ cǝ˘

啥ㄙㄢ 人ㄌㄤˇ 无ㄅㄛˇ。

sa$_n$　lang˘ vǝ˘

喻做人都會有過錯。

9. 三ㄙㄢ 代ㄉㄞˋ 粒ㄌㄚㄆ 積ㄗㄝㄎ，　一ㄧㄊ 代ㄉㄞˋ 傾ㄎㄧㄥˇ（開ㄎㄞˋ）空ㄎㄤ。

sa$_n$ dai^L lia$_p$ˋ ze$_k$ˋ　　i$_t$ dai^L king˘ (kai^L) kang

幾代辛苦積存，一代傾空耗盡。喻後代子孫為敗家子。

10. 心ㄒㄧㄇ 否ㄆㄛˋ 无ㄅㄛˇ 人ㄌㄤˇ 知ㄗㄞ，　嘴ㄘㄨˇ 否ㄆㄛˋ 上ㄒㄧㄛ 厲ㄌㄧˋ 害ㄏㄞˋ。

sim pai˘ vǝ˘ lang˘ zai　　cui˘ pai˘ siong˘ li˘ hai^L

勸戒人們說話要謹慎，以免傷人惹禍。

11. 嚴官府出寇賊，　　嚴父母出阿
　　qiamˇguanᴸ huˋ cuₜ gauˇ caₜ　　qiamˇbeₕ vuˇ cuₜ a
　　里不達。
　　li buₜ daₜ
　　管教過嚴或不當，往往效果適得其反。

12. 作着否田望後多，　　娶着敗某
　　zəˋ diəₕᵇ pai canˇ vangˇauˇ dang　　cuaˇ diəₕᵇ pai voˋ
　　一世人。
　　ziₜᵇ siˋ langˇ
　　婚姻大事關係一生的幸福，因此選擇對象不可不慎。

13. 千金買茨，　　萬金買茨邊。
　　cingᴸ gim vue cuˋ　　vanˇ gim vue cuˋ biₙ
　　喻鄰居和睦相處的重要。

14. 得失土地公，　　飼无鷄。
　　deₖ siₜ to deᴸ gong　　ciˇ vəˇ ge
　　得罪了當地權貴或劣紳，啥事都不好辦。

15. 驚某大丈夫，　　拍某豬狗牛。
　　giaₙ voˋ daiˇ diongˇhu　　paₕ voˋ diᴸ gauˋ quˇ
　　喻家和為貴。某即太太。

16. 刣豬公，无相請；　　嫁諸母弄，
　　taiˇ duᴸ gong vəˇ siə ciaₙˋ　　geₕ za voˋ giaₙˋ

餉ㄒㄧ 大ㄉㄨ 餅ㄅㄧㄢˋ 。

hingˇ duaˇ biaㄢˋ

餉：贈。嘲諷打抽豐。

17. 好ㄏㄜ 弄ㄍㄧㄢˋ 好ㄏㄜ 彳ㄊㄧ 丁ㄊㄜˊ，　敗ㄅㄞ 弄ㄍㄧㄢˋ 不ㄅㄨㄊ 如ㄗㄨ 无ㄨㄛˊ 。

hə　giaㄢˋ hə　tiㄊ　təˊ　　　pai　giaㄢˋ buㄊ zuˇ vəˊ

彳丁即散步，遊玩，俗寫，迌迌，佚佗。有好子息，長輩
光彩有福；壞子息，敗壞家族，不如沒有的好。

18. 生ㄙㄧ 贏ㄧㄚˊ 雞ㄍㄝ 酒ㄐㄧㄨ 香ㄆㄤ，　生ㄙㄧ 輸ㄙㄨ 六ㄌㄚㄅ 片ㄆㄧㄣˋ 枋ㄅㄤ 。

sinㄥ iaˊ geㄥ ziuˋ pang　　　sinㄥ su　laㄅ piㄣˋ bang

以前醫療衛生沒那麼發達，分娩時稍一不慎，產婦往往因
而喪生。六片枋：棺材板共六塊。

19. 膨ㄆㄛ 風ㄏㄛ 无ㄨㄛˊ 底ㄉㄝ，蕃ㄏㄢˊ 薯ㄗㄨ 隨ㄙㄨㄟˋ 斤ㄍㄧㄣ 仔ㄚ（兒）買ㄨㄝˋ 。

pongˋ hong vəˇ deˋ　　han ˊ zuˊ suiˇ gin　a　　　vueˋ

膨風：吹牛。沒有厚實基礎，單靠吹牛是不行的。

20. 作ㄗㄜ 人ㄌㄤˊ 着ㄉㄧㄜㄏˋ 反ㄅㄧㄥˋ，　作ㄗㄜ 雞ㄍㄝ 着ㄉㄧㄜㄏˋ 搶ㄑㄧㄥˋ 。

zəˋ　langˊ diəㄏ bingˋ　　　zəˋ　ge　diəㄏ cingˋ

反：通權達變也。搶：禽類用爪在糞堆尋找食物吃。喻做
人要積極進取。

21. 鬱ㄨㄊ 鬱ㄨㄊˋ 是ㄉㄧ 心ㄒㄧㄇ 底ㄉㄝ，　笑ㄑㄧㄜ 笑ㄑㄧㄜˋ 陪ㄅㄨㄝ 人ㄌㄤˇ 禮ㄌㄝˋ 。

uㄊ　uㄊ　diㄥ sim dueˋ　　　ciəㄏ ciəㄏ bueˇ langˇ leˋ

心裡不管如何不高興，也要以禮相待，笑臉相陪。

22.九頓米糕无準算 ， 一頓清糜
　　gau dng` vi gə və` zun sng` zi<sub>t</sub>` dng` cin` ve´

卻起來弄。
kiə_h ki lai´ kng`

喻一般人不太容易記取別人對他的好處，稍微有點待慢就
耿耿於懷。

23.講令像畚箕 ， 做令像湯匙。
　　gong` e<sub>h</sub>` ciu_n´ bun` gi zə` e´ ciu_n` tng<sub>t</sub>` si´

講的大，做的小。

24.孤猫守粟倉 ， 孤狗守孝杖。
　　go_t` niau ziu ce<sub>k</sub> cng go<sub>t</sub>` gau` ziu ha` tng_t`

猫比較勢利眼，狗是人類忠實的朋友。粟倉：稻谷倉。孝
杖：送葬時，大孫所拿的那枝幡(huan)。

25.暗路行不息(煞) ， 會撞着鬼 ；
　　am` lo<sub>t</sub>` gia_n´ m` sua<sub>h</sub>` e´ dng` diə<sub>h</sub>` gui`

舵公做不息(煞)，會食着海水。
də` gong zə` m` sua<sub>h</sub>` e´ zia_h` diə<sub>h</sub>` hai zui`

不息(煞)：不止，沒結束。舵公：船長。有些行業危險性比
較高，但人是短視的動物，只要有好處，往往顧不了未來。

26.相(相)分食有存 ，相(相)搶食无份。
　　siə_t`(sa<sub>n</sub>`)bun zia_h` u´ cun siə<sub>t</sub>`(sa_n`)ciu<sub>n</sub>` zia_h` və` hun_t`

存：剩。勸戒人凡事以禮讓爲貴。

27. 食飯吃碗公，　做事閃西方。
zia_h bng^L zia^ˇ ua_n gong　zə^ˋ su^L siam sai^L hong
飯要吃，不做事。

28. 教子學泅，　不通教子匐樹。
ga^ˋ gia_n^ˋ ə^ˋ siu^ˊ　m^ˇ tang^L ga^ˋ gia_n^ˋ be^ˋ ciu^L
匐：爬。

29. 博局蚶殼起，　做賊偷搯米。
bua^ˇ giau^ˋ ham ka_k^ˋ ki^ˋ　zə^ˋ ca_t tau^L te_h^ˋ vi^ˋ
做不正當事是從小處做起的。

30. 家己栽一欉穙，　加贏看別人。
ga^L gi^L zai zi_t^ˋ zang^ˊ　ka_h ia_n^ˇ kua_n^ˋ ba_t^ˋ lang^ˊ
與其羨慕別人，不如自己振作。

31. 世(序)大不成樣，世(序)細討和尚。
si^ˇ　dua^L m^ˇ zia_n^ˇ iu_n^L　si^ˇ　sue^ˇ tə he^ˇ siu_n^L
上樑不正下樑歪。

32. 賣茶講茶香，　賣花講花紅。
vue^ˇ de^ˊ gong de^ˊ pang　vue^ˇ hue gong hue ang^ˊ
做生意，宣傳自己賣的貨品好。

33. 狀元子好生，　生理子惡生。
ziong^ˇ quan^ˇ gia_n^ˋ hə^ˋ si_n　sing li gia_n^ˋ ə_h si_n
惡：不容易。在此引喻作生意不是那麼容易。事實上要中
狀元，也不是一件容易的事。

34. 詑詖 无 狼 狽 令 久。

hia̍ bai və˅ liong˅ bue˪ e˅ gu˪

詑詖：囂張，狂野。狼狽：落魄。

35. 一日双九猪， 九日无猪双。

zi̍t ji̍t zan˅ gau du gau ji̍t və˅ du˪ zan´

双：宰。此句與一曝十寒意同。

36. 一還一， 二還二。

zi̍t huan˅ zi̍t nng˪ huan˅ nng˪

一是一，二是二，不能混在一起。

37. 一日走逪逪， 暗時點燈蠟。

zi̍t ji̍t zau pa˪ pa am˪ si´ diam ding˪ la_h

白天不做事，到處遊盪，遇到事情才在晚上挑燈夜戰。

38. 一个灑尿令，換一个滲屎令。

zi̍t e˅ cua˅ jiə˪ e˪ ua_n˅ zi̍t e˅ siam˪ sai˪ e_h˪

換來換去，總是後者不如前者。

39. 三日无籀匐上樹。

sa_n ji̍t və˅ liu˪ be˪ ziu_n˅ ciu˪

籀：溫習，複習。喻不溫習很容易忘記。

40. 三句楨， 兩句稃， 講話无相

sa_n gu˪ ding˪ lng˅ gu˪ pa_n˪ gong ue˪ və˅ siə˪

黏蒂帶。

liam˅ di˪ dua˅

講話不實在，也不連貫。楨：堅硬，結實。稃：禾不實。

41. 土〔kɔ˩〕猴損五穀。

to˩　(do˩)　gau´　sng　qo_n　go_k

槽蹋糧食。土猴：蟋蟀也。

42. 大鼎未滾，　細鼎澹澹滾。

dua˅　dia_n`　vue˅　gun`　　　sue`　dia_n`　ciang˅ciang˅gun

喻有能力者深藏不露，無本事者却躍躍欲試。

43. 大賊劫小賊，　小卷劫墨鰂。

dua˅　ca_t　gia_p　siə　ca_t　　　siə　gng`　gia_p　va_k　za_t

喻弱肉強食。

七、謎猜
vi˘ cai

1. 乞食分无泔。　（地名一）
   ki$_t$　zia$_h$　bun˩　və˘　amˋ

2. 用飯匙底（貯）糜。　（地名一）
   ing˘　bng˘　si˘　due　　　ve˘

3. 大人橡人兒衫。　（地名一）
   dua˘　lang˘　cing˩　qin　a　sa$_n$

4. 人兒橡大人衫。　（地名一）
   qin　a$_h$˙　cing˩　dua˘　lang˘　sa$_n$

5. 我一支翹翹，你一个跳跳，我
   quaˋ　zi$_t$˙　gi　kiauˋ　kiau˘　liˋ　zi$_t$　e˘　tiauˋ　tiau˘　quaˋ
   爲你相思，你爲我掛吊。（農村景象一）
   ui˘　liˋ　siu$_n$˩　si　　liˋ　ui˘　quaˋ　quaˋ　diau˘

6. 沈沈枝，　齒齒葉，　是土底結
   simˋ　simˋ　gi　　kiˋ　kiˋ　hiə$_h$　　di˘　toˋ　de˘　ge$_t$
   白石。　（蔬菜一）
   be˘　ziə$_h$

7. 四、角、兩、面，　言、語、隨、身，　只、看
　　si` gak` lng˅ vin˩　　qian˅ qu` sui˅ sin　　zi kua_n`
　　着、字，　　无、看、頭、面。　　（文具一）
　　diəh` ji˩　　　　və˅ kua_n` tau˅ vin˩

8. 一、个、小、水、池，滿、池、攏、土、泥，飛
　　zi_t` e˅ siə zui di´　　vuan di´　　long to˅ ni´　　be˩
　　來、白、天、鵝，　染、佮、烏、趖、趖。　（文具一）
　　lai˅ be˅ tian˩ qə´　　ni gau o˩　　sə˅ sə´

9. 講、來、麼、怪、奇，有、毛、不、是、鳥，无
　　gong lai´ ma´ guai gi´　　u˅　　mo m˅ si˅ ziau` və˅
　　翼、空、中、飛，　无、脚、腿、上、跳。（運動器材一）
　　si_t kong˩ diong be　　və˅　　ka　　tui siong˩ tiau˅

10. 是、茨、清、清、白、白，　　出、門、面、上、畫
　　di˅ cu˅ cing˩ cing˩ be_k` be_k　　cu_t mng´ vin˅ siong˩ ue˅
　　花，　　走、過、千、山、萬、水，　　展、開、腹
　　hue　　　zau ge` cian˩ san van sui`　　dian kui ba_k
　　肚、講、話。　（文具一）
　　do` gong ue˩

11. 嘴、內、合、着、一、粒、錘，　　講、話、聲、調，
　　cui lai˩ gam diəh` zi_t` lia_p` tui　　　gong ue˩ sia_n˩ diau˩
　　眞、清、脆，　　上、課、下、課、做、體、操，
　　zin˩ cing˩ cui˅　　siong˩ kə˅ ha˅ kə˅ zə` te cau

攏 着 聽 從 伊 指 揮 。 （器材一）

long diəh tian ziong´ i zi hui

12. 扁 扁 舌 ， 尖 尖 嘴 ， 每 行 路 ，

bin bin zi` ziam ziam cui` veh gian´ lo

先 飲 水 。 （文具一）

sing lim zui`

13. 光 令 看 未 清 ，暗 令 看 分 明 ，有

gng e kuan` vue´ cing am´ e´ kuan` hun ving´ u´

色 麼 有 聲 ， 有 人 麼 有 車 。（娛樂一）

sek ma´ u´ u´ lang´ ma´ u´ cia

14. 小 小 一 間 房 ，一 扇 玻 璃 窗 ，日

siə siə zit ging bang´ zit sin` bo le´ tang jit

日 有 花 樣 ， 夜 夜 攏 无 全 。 （用具一）

jit u´ hue iun ia` ia` long və´ gang´

15. 鷄 籠 (檻) 棺 走 ，鷄 仔 弄 嗎 嗎 哮 。

ge lam guan` zau` ge a gian` ma ma` hau`

（紅白事一）

16. 四 人 激 文 章 ， 一 个 中 去 了 ，

si` lang´ gek vun´ ziun zit e´ diong` ki liau`

三 个 猶 是 想 。 （嗜好一）

san e´ iau di siun

17. 鐵、船、載、險、貨，　　綢、緞、作、路、過。
ti　zun′　zai`　hiam　he˅　　　diu˅　duan˪　zə`　lo˪　ge˅
(用具一)

18. 一陣風，　一陣雨，　　一莢弓蕉，
zi$_t$　zun˅　hong　zi$_t$　zun˅　ho˪　　zi$_t$　que˅　ging　ziə
落於土。　(生理現象三)
la$_k$　e　to′

19. 日日有存，　　月月不足。　　(字一)
ji$_t$　ji$_t$　u˅　cun　　qe˅　qe$_h$　bu$_t$　zio$_k$

20. 出門一蕊花，　　入門一條澎湖
cu$_t$　mng′　zi$_t$　lui　hue　　ji$_p$　mng′　zi$_t$　diau˅　pi$_n$˅　o˪
瓜。　(用具一)
gue

21. 烏面賊，　　無氣力，　　撲未死，
o˪　vin˅　ca$_t$　　və˅　kui`　la$_t$　　pa`　vue˅　si`
埋未密。　(現象一)
dai˅　vue˅　va$_t$

22. 三頭六耳歸一身，　　四耳聽更
sa$_n$　tau′　la$_k$　hi˪　gui˪　zi$_t$　sin　　si`　hi˪　tia$_n$˪　gi$_n$˪
鼓，　二耳不知音。　(節目一)
go`　　lng˅　hi˪　m˅　zai　im

23. 一个 物 件 彎 彎 曲 曲 ，　唸 唸 着
zi_t e mi^L gia_n^L uan^L uan^L kiau^L kiau　liam liam^L də

擲 掉 。　（祭祀用品一）
dan diau^L

24. 看 是 一 斤 ，　掂 无 四 兩 ，　五 个
kua_n si^L zi_t gin　te_h və si niu　qo e

掠 ，　十 个 搶 。　（日用品一）　掂：拿。
lia_h　za_p e ciu_n

25. 尖 山 茫 霧 罩 ，　稃 雷 磕 磕 扣 ，
ziam sua_n vong vu^L da　pa_n lui ko_k ko_k ka

霧 散 烏 雲 搭 ，　大 雨 落 不 煞 。
vu^L sua_n o^L hun da_h　dua ho^L lə m sua_h

（情況，生理現象三）　稃雷：打不響的雷。落不煞：下不停。

26. 一个 物 仔 矮 短 短 ，　食 草 加 濟
zi_t e mi a_h ue du du_h　zia_h cau ka_h ze

牛 。　（往昔農家設備一）
qu

27. 紅 面 將 軍 ，　吐 舌 三 分 ，　愈 吐
ang vin^L ziong gun　to zi sa_n^L hun　ju to

愈 短 ，　目 屎 愈 多 。　（用品一）
ju de　va_k sai ju zue^L

28. 因為自大一點兒， 着惹起人
in ui zu dua zit diam ah   də jia ki lang
人討厭。 （字一）
lang tə ia

29. 南陽諸葛亮，坐是將軍帳，排
nam iong zu gat liang ze di ziong gun diong bai
出八卦陣，每掠飛來將。 （動物一）
cut bak gua din veh liah be lai ziong

30. 兩个房間全款大， 開關房門
lng e bang ging gang kuan dua   kui guin bang mng
攏成活， 房內通容千萬人，
long zian uah   bang lai tang iong cing van lang
不却難入一粒砂。 （器官一）
m gəh lan jip zit liap sua

31. 兩家滯是全一棟， 經濟收入
lng ge dua di gang zit dong   ging ze siu jip
攏相通， 多令加比少令少，
long siə tong   zue e kah bi ziəh e ziəh
少令價數有加漲。 （文具一）
ziəh e ge siau u kah diong

32. 白色鮮花无人栽， 一夜北風
be sek cin hue və lang zai   zit iah bak hong

遍地開，　无根无葉有人愛，

pian˙ de˘ kai　　　və˘ gun və˘ hiəh u˘ lang˙ ai˘

這花是對天上來。　　（自然物一）

ze hue si˘ dui˘ tinᴸ ding˘ lai´

33. 直直一條河，風吹未起波，冬

ditᵇ ditᵇ zitᵇ diau˘ hə´　hong ce vue˘ ki pə　dangᴸ

天河水少，熱天河水多。（用具一）

tin hə˘ zui˘ ziəhᵇ　jua˘ tin　hə˘ zui˘ də

34. 獨柱一座樓，茨頂蓋无厚，人

doₖᵇ tiauᴸ zitᵇ zə˘ lau´　cu˘ ding˘ kam˘ vəᴸ gauᴸ　lang´

是樓脚行，水是茨頂流。（用具一）

di˘ lau˘ ka gian　zui˘ di˘ cu˘ ding˘ lau´

35. 不是糕點不是糖，　潔白芬芳

m˘ si˘ gə diam˘ m˘ si˘ tng´　　geₜ beh hunᴸ hong

袋內裝，　伊是專門浴間弄，

de˘ laiᴸ zng　　iᴸ si˘ zuan vun´ ieₖᵇ ging kng˘

每日你着愛去嘗。　（日用品一）

mui jiₜ li˘ diəhᵇ ai˘ ki zng´

36. 阿兄紡紗。　（口語一，三字）

aᴸ hian pang se

37. 風水合意南北向。　　（口語一，四字）

hong sui˘ ga˘ i˘　sam˘ baₖ hiong

38. 飯店關門。　　（口語一，四字）

bng˘ diam˘ guiₙᴸ mng´

39. 中山博物院。　　（口語一，二字）

diongᴸ san pokᵏ vuₜᵇ inₙᴸ

40. 孔子公死是家鄉。　　（口語一，四字）

kong zu gong siˋ di˘ gaᴸ hiong

41. 天體營。　（口語一，三字）

tian te iaₙ´

42. 化妝師令功課。　　（口語一，五字）

huaˋ zongᴸ su e˘ kang˘ ke˘

43. 兄弟攏與車捙死。　　（口語一，三字）

hiaₙᴸ diᴸ long ho˘ cia longˋ siˋ

44. 薪勞加惡頭家。　　（口語一，二字）

sinᴸ lə´ kaₕ okₖ tau´ ge

45. 攏是阿嬤（媽）令話。　　（口語一，三字）

long si˘ aᴸ maˋ e˘ ueᴸ

謎　底

1. 五堵。　　與餓肚音相近。

qo˘ doˋ　　　qə˘ doˋ

2. 澳底。　　與惡底音同；意：不容易盛稀飯。

əˋ dueˋ　　　əˋ dueˋ

3. 半嶺。　　與半領 音同；意：大人穿太小太短。
　　buaₙ` nia`　　　　　buaₙ` niaₙ`

4. 崁脚。　　與蓋脚 音同；意：小孩穿太大太長。
　　kam` ka　　　　　kam` ka

5. 釣田鷄（蛤）仔。　　釣青蛙。
　　diə`　canˉ ge´　gaₚ　aₕᵇ

6. 荣頭。　　蘿蔔。　沈正字稔（或稔）。
　　cai　tau´　　　沈沈(擬態)：很軟的枝或葉。

7. 批。　信。
　　pue

8. 墨盤。　　烏趦趦：黑漆漆。　硯台。
　　vaₖᵇ buaₙ´

9. 踢錢仔。　　踢毽子。
　　taₜ　ziₙ´　aₕᵇ

10. 批囊。　　信封。
　　pueᴸ long´

11. [學校攻（損）]鐘。
　　haₖᵇ hauᴸ gong`　　　zing

12. 墨水鋼筆。
　　vaₖᵇ zui` gng` biₜᵇ

13. 電影。
　　dian´ iaₙ`

14. 電視機。

　　dianˇ siˇ gi

15. (出喪扛)棺柴。　　棺材。

　　cuₜ suaₙ gngˇ guaₙˋ caˊ

16. 拍麻雀。　　打麻將。

　　paₕ vaˇ cioₖ

17. (舊式令)熨斗。

　　guˇ seₖ eˇ uₜ dauˋ

18. (放)屁、尿、屎。

　　bangˋ puiˇ jiəˋ saiˋ

19. 門。

　　mngˊ

20. 雨傘。　　澎湖絲瓜有十稜。

　　hoˇ suaₙˇ

21. 人影。

　　langˇ iaₙˋ

22. 弄獅。　　舞獅。

　　langˇ sai

23. 聖貝(盃)。　　杯筊。

　　singˇ bue

24. 面巾。　　毛巾。

　　vinˇ gin

25. 諸ㄗㄚˋ 父ㄅㄛˋ 人ㄌㄤˊ，(男子)放屁，放尿。

za˪ bo˪ lang´

尖山茫霧罩：喻男子穿着褲子。稀雷磕磕扣：有氣無力的雷聲一直打，喻放屁。霧散黑雲搭：想小便解開褲子。大雨落不煞：喻小便很多。

26. 灶ㄗㄠˋ。　　正字竈。

zau˅

27. 點ㄉㄞ 蠟ㄌㄚˇ 燭ㄗㄝ_k。

diam la˅ ze_k

28. 臭ㄘㄠˋ。

cau˅

29. 蜘ㄉㄧˋ 蛛ㄉㄨ。

di˪ du

30. 目ㄇㄚ_k 珠ㄐㄨ。　　成活：很靈活。　不却：不過。

va_k ziu

31. 算ㄙㄥˋ 盤ㄅㄨㄢˋ。

sng˺ bua_n´

32. 雪ㄙㄝ_h。　　上：古 ㄉㄥˋ (ding˺)。

se_h

33. 溫ㄨㄣ 度ㄉㄛˋ 計ㄍㄝˇ。

un do˅ ge˅

34. 雨ㄏㄛˋ 傘ㄙㄨㄢˇ。

ho˅ sua_n˅

35. 齒ㄎ 膏ㄍㄜ 。　牙膏。

　　ki　gə

36. 和ㄍㄜˋ 和ㄍㄜˋ 纏ㄉ一ˊ 。　哥哥纏同音。意死纏活纏的。

　　gəˋ　gəˋ　diₙˊ

37. 嫌ㄏ一ㄢ 東ㄉㄤˋ 嫌ㄏ一ㄢˇ 西ㄙㄞ 。

　　hiamˇ dangˋ hiamˇ sai

38. 繪ㄨㄜ 食ㄐㄚ 繪ㄨㄜˇ 睏ㄎㄨㄣ 。　因煩惱而吃不下睡不着。

　　vueˇ ziaₕ vueˇ kunˇ

39. 展ㄉㄢ 寶ㄅㄜˋ 。　愛現。

　　dian　bəˋ

40. 鹵ㄌㄜ 身ㄒ一ㄣˋ 鹵ㄌㄜ 命ㄇ一ㄚˋ 。　孔子是山東曲阜人(魯)。與魯身魯命同音
　　lo　sinˋ　lo　miaˋ　　惱恨生氣時説出的話。喻身心受煎熬。

41. 現ㄏ一ㄢˇ 抵ㄉㄨ 現ㄏ一ㄢˋ 。　在天體營裡大家裸體相見。其意明擺着。

　　hianˇ du hianˋ

42. 每ㄨㄟㄏ 與ㄏㄜˇ 你ㄌ一 好ㄏㄜ 看ㄎㄨㄚ 。

　　veₕ hoˇ li hə kuaₙˇ

43. 死ㄒ一 丁ㄉ一ㄥˋ 丁ㄉ一ㄥ 。　死板板的。

　　si　dingˋ ding

44. 刁ㄊ一ㄠˋ 工ㄍㄤ 。　故意地。

　　tiau gang

45. 无ㄨㄜˇ 公ㄍㄨㄥ 道ㄉㄜˋ 。　阿公沒説，意不公道。

　　vəˇ gong doˋ

八、北ㄅㄚㄎ極ㄍㄟㄎㆴ圈ㄎㄨㄢˊ內ㄌㄞㄥ
baₖ geₖᵇ kuanˊlaiᴸ

　　為使讀者容易看懂"午夜的太陽"及"格陵蘭島"所敘述的內容到底在說些什麼。因為低緯度的人，如果事先不了解地球運行的情形，在北極圈內的六至八月間的景象，實在不是我們每天看到的太陽從東方昇起，西方落下，所能領略出來的。

　　本文為使大家容易了解，特別引述一段"地球和宇宙科學"所附，以在北半球的觀點，來圖解四季的原因，以及它的四個順序，如次：

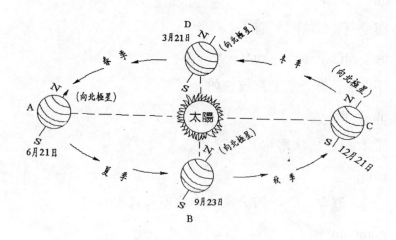

在前圖 A 之位置（6 月 21 日），北半球是傾斜地向著太陽，雖然地球每天自轉，而在北極圈內，已經整天廿四小時都是白天，每年在這段時間，沒有黑夜。由北極向南，其白天日照的時數，在北極是廿四小時，在赤道是十二小時。而在這段時間南半球是冬季，南極地區，照不到光線，整天黑夜。

地球的傾斜位置，這時北半球白天較長，由於太陽的直射到地球的光線也強，使北半球的熱上升。總而言之，由於長的白天和強的光線，所以形成夏季。

讓我們繞道 B 位置，等一下子，再往 C（12 月 21 日）與 A 比較：北半球受陽光斜射，北極因照不到陽光，而呈黑夜。北半球都是白天短，黑夜長，因陽光傾斜照射的影響，形成氣溫較低的冬天。

在 B（9 月 23 日）和 D（3 月 21 日），是秋季和春季的開始，從圖上來看，地球的自轉軸心是同樣的，既不向著，也不背著太陽。所有地球上，南北同緯度的地區，白天和黑夜的時間都相等，所接受的陽光強度也相同。

我們從上文的介紹，應該知道北半球在夏至日（6 月 21 日）前後，北極圈內是永晝日。那麼什麼是北極圈呢？從圖上看地球的自轉主軸與太陽的直射光是不垂直的，呈 23.5 度的傾斜，因此在北緯 66.5 度以北，在冬至日（12 月 21 日）的時候，太陽的直射光是射不到的；同樣情形，南緯 66.5 度以南，夏至日在南極圈是照不到太陽的直射光。

那麼在永晝日，太陽一天廿四小時是怎麼個繞法呢？

在芬蘭伊娃露的前兩天，筆者住在挪威北角（北緯
71°10′21″）的前一站阿爾塔小鎮的旅館。由於早睡，一覺醒
來，手錶一看，是在午夜 12 點一刻，天還亮著，趕緊拿著指
北針，看出太陽的位置在北方，走出旅館，越過馬路。當時
小鎮的街燈亮著，沒有行人，只有一部鋪散機及一部工程車
在修道路。因為氣溫約攝氏十幾度，並不怎麼冷，我在靠海
灣的那邊，靜靜的觀察太陽的形跡，經過了一個多小時，太
陽已偏轉十幾度。看完之後，再回去睡覺，直到清晨六點多
鐘起床，看太陽已在東邊，因此腦中已有概念，遂在前往北
角的途中，告訴全團的遊伴，才有此次的觀察報告。

因為押韻，讀者唸起來比較順口、容易記，著者嘗試以
閩南語之口語詩：七字仔寫。更為使人容易知道，先把內容
解釋出來，以免讀起來，不知說些什麼。以下是"午夜的太
陽"的內容。

㈠午夜仒太陽
qo_n ia_h e tai iong

今天是 1995 年陽曆 6 月 15 日的晚上 11 點，四個人相約
看午夜的太陽到底是呈圓的還是扁的。

太陽還掛在電線桿上的變壓器前，目視日光還使人頭昏眼花，趕緊歪轉過頭，稍微休息一下，養精蓄銳。

養好精神之後，趕快找兩塊木板來做定位，一塊對準初見時夜晚 11 點太陽的方向，另一塊是過一小時所對太陽的方向，然後拿指北針來看偏轉幾度，開始是北西北的位置，過了一個小時太陽已偏轉 15 度正北的方向，因為團友當中有人想上廁所，大家就回房睡覺了。

第二天早上，一起床，一句話不說，就趕緊走出房外看太陽的形跡，看它已在東方的位置。

中午的太陽 12 點在正南方，比較高的位置。由此推測下午六點鐘的位置，太陽一定是在西方繞行。

果然不錯，太陽的形跡，正在天上繞斜圈，這裡是芬蘭伊娃露地方，在北緯 68.7 度的位置。

注：

阿爾塔：Alta（挪威）。　北角：Nordkapp（挪威）。　伊娃露：Ivalo（芬蘭）。　電桶：指變壓器。　目珠眩：頭昏眼花。　斡頭：歪轉過頭。　別平：另外方向。　歇倦：休息。　趕緊察：趕快找。　行歸路：走回房間。　更：又。越：繞動。　迣斜箍：迣亦有寫䢙，是繞走的意思，此指繞斜圈。雖然一天廿四小時都可看到太陽，但太陽的高度，在午夜十二點位置在北方最低，中午十二點在南方最高，而早

上六點在東方，下午六點在西方應該等高，這是在北極圈內
68.7度，所觀察的太陽形跡。

今　日　一　九　九　五　年　，
gia_n　ji_t　i_t　giu　giu　qo_n　ni´

國　曆　六　月　十　五　暝　，
go_k　le_k　la_k　qe´　za_p　qo´　mi´

即　陣　於　暗　十　一　時　，
zi_t　zun˪　e˪　am´　za_p　i_t　si´

四　人　相　招　看　日　圓　。
siˋ　lang´　siə˪　ziə　kua_nˋ ji_t　i_n´

日　頭　吊　是　電　桶　前　，
ji_t　tau´　diauˋ　di´　dian´　tang　zing´

光　度　看　着　目　珠　眩　，
gng˪　do˪　kua_nˋ diə_h　va_k　ziu　hin´

趕　緊　斡　頭　向　別　平　，
gua_n　ginˋ　ua_t　tau´　hiongˋ ba_t　bing´

小　可　歇　倦　養　精　神　。
siə　kua　hiə_h　kun´　iong　zing˪ sin´

精　神　養　了　趕　緊　察　，
zing˪ sin´　iong　liau´　gua_n　gin　ca_t

兩塊枋仔來準節，
lng˅ deˋ bang´ ah lai˅ zun zat

揥出指北針來決，
te˅ cut zi bak ziam lai˅ guat

北西北是伊所達。
bak sai bak si˅ i so dat

時過一點並无誤，
si´ geˋ zit diam bing və˅ qon

日頭已偏十五度，
jit tau´ i pian zap qo˅ do

有人想每找便所，
u˅ lang´ siun˅ veh ce bian˅ soˋ

逐个齊齊行歸路。
dak e´ ziau ziau´ gian˅ gui lo

過轉早起匐起床，
geˋ dng zai kiˋ beˋ ki cng´

別項代志攏无問，
bat hang´ dai˅ zi˅ long və˅ mng

緊緊外出看日映，
gin ginˋ qua˅ cut kuanˋ jit ngˋ

伊是正正是東門。
i si˅ zianˋ zianˋ di´ dang mng´

中畫　正午　日　高　掛，
diong　dau　zia_n　qo_n　ji_t　gə　gua

位　置　是　是　正　南　澐，
ui　di　si　di　zia_n　lam　dua

六　點　鐘　若　更　來　續，
la_k　diam　zing　na　gə_h　lai　sua

日　頭　準　是　西　方　越。
ji_t　tau　zun　di　se　hng　hua_h

果　然　无　錯　日　頭　步，
gə　jian　və　cə　ji_t　tau　bo

正　是　天　頂　迣　斜　箍，
zia_n　di　ti_n　ding　se　cia　ko

茲　是　芬　蘭　伊　娃　露，
zia　si　hun　lan　i_l　ua　lo

北　緯　六　八　點　七　度。
ba_k　ui　lio_k　ba_t　diam　ci_t　do

(二)格　陵　蘭　島
ge_k　ling　lan　də

　　這次到格陵蘭的一小村，村名古老朔古，是從冰島出發的。冰島的特色是冰川及火山，因為冰川遍佈冰島各地。而

火山，到目前爲止總共 65 個，隨時有再增加的可能。公元
1995 年 6 月 20 日，那天，天氣晴朗，我們一大早就準備搭
十點的飛機，前往古老朔古去參觀愛斯基摩人的生活情形。
飛機十點準時起飛，大約飛行一個半小時，從機窗探望，海
面全是浮冰，心想這些浮冰，必定從陸地上溶解流到海面的，
所以知道目的地快到了，我就整理背包等飛機停下來，好攜
帶。到達機場，我想找愛斯基摩人聊一聊，他們說這裡沒有
Eskimo 人，他們叫 Enuit 會奴乙。當地導遊名叫 Simujog Bent
Kuitse，他在美國住十二年，所以美語頂呱呱，看他的膚色
跟我們一樣，很像蒙古族。在島上，到處是冰，看不到一棵
樹。我問爲什麼不種樹，以現代科學技術，並不是問題。他
說他們族人認爲這樣違反傳統，要順其自然較好。我們走了
兩公里路，才到他們四百多人居住的小村。他們住的房子，
儘是丹麥政府無息貸款，給他們興建的高腳屋，僅存一個冰
屋遺跡，讓觀光客參觀而已。當回到冰島時，冰島的導遊史
賓先生說：“他們不讓人叫 Eskimo。”我想如同我們的原住
民同胞，不願意被叫高山族，其理相同。

注：

Green Land音譯格陵蘭。意譯綠島。　　Ice Land意譯冰島。
Klusuk音譯古老朔古（go lə səkʰ goˋ）是格陵蘭的一個小村
名，供觀光客參觀的地方。古老朔古的本意是很老舊。

Eskimo音譯：愛斯基摩人。

冰 島 出 名 冰 及 火，
bing[L] də` cu[t] mia´ bing ga[h] he`

冰 川 遍 佈 是 各 地，
bing[L] cuan pian` bo˘ di´ go[k] de[L]

火 山 共 計 六 五 个，
he hua[n] giong˘ ge˘ liə[k] qo[n] e´

每 去 綠 島 對 茲 過。
ve[h] ki` le[k] də` dui˘ zia ge˘

透 早 食 飽 款 好 物，
tau` zau` zia[h] ba` kuan hə mi[h]

着 去 機 場 搭 飛 機，
də˘ ki` gi[L] diu[n]´ da` hui[L] gi

十 九 人 座 令 坐 位，
za[p] gau lang˘ zə[L] e˘ ze[L] ui[L]

過 海 去 訪 愛 斯 基。
ge` hai` ki` hong` ai` su gi

飛 機 飛 每 點 半 鐘，
hui[L] gi be[L] ve[h] diam bua[n]` zing

看 着 海 面 全 是 冰，
kua[n]` diə[h] hai` vin[L] zuan[L] si˘ bing

陸地大概已經近，
liə$_k$ de^L dai gai i ging^L gin^L

背包詮好等機停。
bue^L bau cuan hə dan gi ting

綠島英語格陵蘭，
le$_k$ də ing^L qu ge$_k$ ling lan

六月二十日上岸，
la$_k$ qe$_h$ ji^L za$_p$ ji$_t$ ziu$_n^L$ qan

天氣實在有夠讚，
ti$_n^L$ ki si$_t$ zai^L u gau zan

十點起飛並无慢。
za$_p$ diam ki be bing və van^L

茲令導遊當地人，
zia e də iu dong^L de^L lang

伊令膚色合伯仝，
i^L e hu^L se$_k$ gah lan gang

別(曾)是美國十二多，
ba$_t$ di vi go$_k$ za$_p$ ji dang

講着美語水咚咚。
gong diə$_h$ vi qu sui dang^L dang

世界一格陵蘭島，
se gai it ge$_k$ ling lan də

茲 名 叫 古 老 朔 古 ，

zia mia´ gi$_ə$h go lə so$_k$ go`

愛 斯 基 摩 別 人 號 ，

ai` su gi mo ba$_t$ lang hə

會 奴 乙 是 家 己 呼 。

e nu i$_t$ si´ ga gi ho

島 上 景 色 白 蒼 蒼 ，

də siong ging se$_k$ be˘ cang cang

地 土 砂 粒 是 暗 紅 ，

de to` sua lia$_p$ si´ am` ang´

土 泥 不 知 底 位 藏 ，

to˘ ni´ m˘ zai də ui˘ cang˘

樹 仔 攏 无 看 半 叢 。

ciu´ a$_h$ long və˘ kua$_n$` bua$_n$` zang˘

阮 問 樹 仔 那 不 種 ，

qun mng ciu´ a$_h$ na m˘ zing˘

科 學 技 術 有 夠 用 ，

kə ha$_k$ gi su$_t$ u˘ gau ing

伊 講 族 人 不 答 應 ，

i gong zo$_k$ jin´ m˘ da` ing˘

違 反 自 然 是 原 因 。

ui˘ huan zu˘ jian´ si˘ quan˘ in

那 會 叫 做 會 奴 乙，
na e giə$_h$ zə e nu i$_t$

"人" 令 意 思 是 正 實，
lang e i su si zia$_n$ si$_t$

簡 若 伯 茲 高 山 族，
gan na lan zia gə sua$_n$ zok

原 住 民 是 怎 每 得。
quan zu vin si in ve$_h$ di$_t$

機 場 行 佫 怎 村 內，
gi diu$_n$ gia$_n$ gau in cuan lai

四 百 外 人 住 所 來，
si ba qua lang zu sə lai

冰 屋 已 經 无 存 在，
bing o$_k$ i ging və cun zai

高 脚 屋 向 政 府 貸。
gə ka o$_k$ hiong zing hu dai

九、童歌
dongˇ gua

1. 育嬰歌
iə in‑ gua

嬰仔 嗚嗚 睏，一暝 大一寸，
in a onᴸ on kunˇ zitₜ miˇ dua zitₜ cunˇ
嬰仔 嗚嗚 惜，一暝 大一尺，
in a onᴸ on siəhᵇ zitₜ miˇ duaˇ zitₜ ciəhᵇ
育 各 日 落 山，抱 弄 金金 看，
iəᴸ ga jitₜ ləˇ suan pəˇ gian` gimᴸ gimᴸ kuanˇ
弄 是 我 心肝，驚 你 受 風寒。
gian` siˇ qua simᴸ guan gian li` siuˇ hongᴸ guanˊ

注：
金金看：詳細看，專注看。 嗚嗚睏：哄嬰兒睡覺。 各：
到，省音。

2. 育囝歌
 iə　giaₙ　gua

一歲兩歲手裡抱，
ziₜ he˅ lng˅ he˅ ciu li pə˪

三歲四歲土腳跎，
saₙ˪ he˅ si˅ he˅ to˅ ka sə˅

五歲六歲漸漸大，
qo˅ he˅ laₖ˪ he˅ ziam˅ ziam˅ dua˪

有時頭燒及耳熱，
u˅ si˅ tau˅ siə gaₕ hi˪ juaₕ

七歲八歲眞勢吵，
ciₜ he˅ bueₕ he˅ zin˪ qau˅ ca˅

一日顧伊兩肢腳，
ziₜ˪ jiₜ go˅ i˪ lng˅ gi˪ ka

九歲十歲教針黹，
gau he˅ zaₚ˪ he˅ ga˅ ziam˪ zi˅

驚伊四界去經絲。
giaₙ˪ i˪ si˅ gue˅ ki giₙ˪ si

注：
跎：爬。俗字趖。　針黹：女紅，縫紉刺繡。　經絲：做不需要的攀談。

3. 黙仔膠（童歌）

dam a ga

黙仔膠， 黏着脚， 叫阿爸，
dam a ga liam diəₕ ka giəₕ aᴸ ba
買豬脚， 豬脚蝦仔焄爛爛，
vue diᴸ ka diᴸ ka ko aₕ gun nua nuaᴸ
枵鬼人兒流嘴唾。
iau gui qin aₕ lau cui nuaᴸ

注：

黙仔膠：柏油，又稱瀝青。　嘴唾：唾液。　黙：滓垢也。　豬
脚蝦：豬脚塊。　焄爛爛：煮得很爛。

4. 人插花（童歌）

lang ca hue

人插花， 伊插草， 人抱嬰， 伊
lang caₕ hue iᴸ ca cau lang pə in iᴸ
抱狗， 人未嫁， 伊先走， 人坐
pə gau lang ve ge iᴸ singᴸ zau lang ze

轎， 伊坐糞斗， 人睏新眠床，
giə　　iˊ　ze　bun　dau　　　langˇ kunˋ sinˋ vinˇ cngˇ
伊睏屎礐仔口。
iˊ　kunˋ sai　hak　a　kauˋ

注：

　　在日據時代，台灣人受到日本人不平等的待遇，心裡怨恨無所發洩，在童歌裡諷刺他們生活習慣的差異為報復。這裡指的「人」是台灣人。

糞斗：畚箕。　屎礐：茅坑。

5. 大頭員外
dua tau quan que

大頭員外， 拍死无找， 一暝着
dua tau quan que　　 pap si vəˇ ce　　 zit mi diəh
蓋被， 蓋未着， 大頭令， 愛食
ga　pe　　 ga　ve　diəh　　 dua tau　e　　 ai　ziah
弓蕉， 弓蕉一下冷，愛食龍眼，
ging zie　　 ging zie zit e ling　 ai ziah ling qing
龍眼一下甜， 愛食牛乳， 牛乳
ling qing zit e din　　 ai ziah qu ni　　 qu ni

一下 献 ， 愛 食 鴉片 。
zi_t e hian ai zia_h a_h pian

注：
拍死无找：再找不到像他這樣的人。　蓋未着：蓋不到棉被。
弓蕉：香蕉。　一下：因爲。　献：有腥臭味。

6. 天烏烏 (1)
ti_n o o

天烏烏 ， 每落雨 ， 鯽仔魚 ， 每
ti_n o o 　ve_h lə ho 　zi_t a hu 　ve_h
娶某 ， 魚擔燈 ， 蝦拍鼓 ， 水 (沝)
cua vo 　hu da_n ding 　he pa go 　zui (sui)
蛙扛轎大腹肚 ， 田螺俄旗叫艱
gue gng $giə$ dua ba_k do 　can le qia gi $giə_h$ gan
苦 。
ko

注：
天暗暗的要下雨，鯽魚要娶太太，魚挑燈，蝦打鼓，大肚子
田鷄抬轎，田螺舉旗說辛苦。

7. 天 烏 烏 (2)
ti_n　o^L　o

天 烏 烏，　　每 落 雨，倛 仔 橡 紅 褲，
ti_n　o^L　o　　veh　lə^v　ho^L　　ang^v　a_h^b　cing^v　ang^v　ko^v
乞 食 走 无 路，　　和 尚 橡 紅 褲，　　睛
ki_t　zia_h　zau　və^v　lo^L　　he^v　siu_n^L　cing^v　ang^v　ko^v　　ci_n^L
盲 令 偷 負 人 兒 仔 走 无 路。
mi^v　e　tau^L　ai_n^v　qin　a_h^b　zau　və^v　lo^L

注：

倛仔：玩偶。　　睛盲：瞎子。

8. 天 烏 烏 (3)
ti_n　o^L　o

天 烏 烏，　　每 落 雨，公 仔 踏 水 車，
ti_n　o^L　o　　veh　lə^v　ho^L　gong　a　da^v　zui　cia
婆 仔 俄 屇 橱，　　屇 着 一 堆 三 界 娘
bə^v　a　qia^v　ho^v　hia　　ho^v　diə_h^b　zi_t^t　dui^L　sam^L　gai^v　niu^v
仔，　　公 仔 每 煮 鹹，婆 仔 每 煮 洪，
a_h^b　　gong　a　veh　zu　giam^v　bə^v　a　veh　zu　zia_n^v

翁某相拍攻破鼎，鼎片未曾卻，
ang^L vo` siə pap<sub>b</sub> gong` pua` dia<sub>n</sub>` dia_n pi_nˇ veˇ zingˇ kiə_hˇ
翁某着相惜。
ang^L vo` dəˇ siə^L siə_hˇ

注：

戽櫪：撈魚用具。　三界娘仔：一種肚子很大的小魚，俗稱大肚魚仔。　洴：淡。　攻破：打破。　卻：拾、撿，俗字抾。　相惜：互相疼惜，相愛。

9. 月光光
qe_h　gng^L　gng

月娘光奕奕，　賊仔偷挖壁，　挖
qe_hˇ niuˇ gng^L ia_h ia_hˇ　cat_t a_hˇ tau^L o bia_hˇ　oˋ
去鷄卵長鴨卵大，　犁耙俄去十
ki ge^L lngˇ dngˇ a_h lngˇ dua^L　leˇ beˇ qiaˇ ki za_pˇ
數張，　牛仔牽去十數隻，　睛盲
soˋ diu_n　quˇ a_hˇ kan^L ki za_pˇ soˋ zia_hˇ　ci_n^L miˇ
令看一下，　啞口令着喝掠，　跛
e kua_nˋ zi_tˇ e^L　e kauˋ e_hˇ dəˇ hua_h lia_h　bai

脚ㄚ 令ㄝ 走ㄗㄠˋ 去ㄎㄧˇ 逐ㄗㄛㆴ，　　瘸ㄎㄝˇ 手ㄑㄧㄨˋ 令ㄝㆷ 走ㄗㄠˋ 去ㄎㄧˇ 掠ㄌㄧㄚㆷˋ。
ka　e　zau　ki　jio_kᵇ　　ke˅　ciu˅　e_hᵇ　zau　ki　lia_h

注：
光奕奕：很亮。　　犁耙：犁挖土，耙弄碎、弄平，兩種農具。
喝：喊。　　逐：追。

10. 火ㄏㄨㆤˋ 金ㄍㄧㆬ˪ 姑ㄍㆦ
　　hue　gim^L　go

火ㄏㄨㆤˋ 金ㄍㄧㆬ˪ 姑ㄍㆦ，　　來ㄌㄞˇ 食ㄐㄧㄚㆷˋ 茶ㄉㆤˊ，　　茶ㄉㆤˊ 燒ㄒㄧㄛ˪ 燒ㄒㄧㄛ，　　配ㄆㆤㆷ
hue　gim^L　go　　　　lai˅　zia_hᵇ　de´　　　de´　sio^L　sio　　　pe_h
弓ㄍㄧㆭ˪ 蕉ㄐㄧㄛ，　　茶ㄉㆤˊ 冷ㄌㄧㄥ 冷ㄌㄧㄥˋ，　　配ㄆㆤㆷ龍ㄌㄧㄥˇ眼ㄍㄧㄥˋ，　　龍ㄌㄧㄥˇ 眼ㄍㄧㄥˋ
ging^L　zio　　　de´　ling　ling`　　　pe<sub>h</sub>　ling˅　qing`　　　ling˅　qing`
會ㆤˇ 開ㄎㄨㄧ˪ 花ㄏㄨㆤˋ，　　匏ㄅㄨˊ 仔ㄚㆷ換ㄨㄚㆰˇ 冬ㄉㄤ˪ 瓜ㄍㄨㆤˋ，　　冬ㄉㄤ˪ 瓜ㄍㄨㆤˋ 好ㄏㆦˋ
e˅　kui^L　hue　　　bu´　a_hᵇ　ua_n˅　dang^L　gue　　　dang^L　gue　ho
煮ㄗㄨ 湯ㄊㆭ，　　匏ㄅㄨˊ 仔ㄚㆷ換ㄨㄚㆰˇ 粗ㄘㆦ˪ 糠ㄎㆭ，　　粗ㄘㆦ˪ 糠ㄎㆭ 每ㄇㆤㆷ 起ㄎㄧˋ
zu　tng　　　bu´　a_hᵇ　ua_n˅　co^L　kng　　　co^L　kng　ve_h　ki
火ㄏㄨㆤˋ，　　九ㄍㄠ 嬸ㄐㄧㆬ 婆ㄅㆦˊ 仔ㄚ 勢ㄍㄠˋ 炊ㄘㄨ 粿ㄍㄨㆤˋ，　　炊ㄘㄨㆤ˪ 烙ㄍㄠˋ 臭ㄘㄠˋ
hue`　　　gau　zim　bo´　a　qau˅　cue　gue`　　　cue^L　gau`　cau`
凋(焦)ㄉㄚ，　　兼ㄍㄧㆰ 着ㄉㆦˇ 火ㄏㄨㆤˋ。
da　　　　giam　do˅　hue`

注：

火金姑：螢火蟲。事實上，火金姑與螢火蟲是有點不同的。
火金姑會飛，光呈橘紅色，會一閃一閃的，是昆蟲。而螢火
蟲，不會飛，光呈白色，不會閃，紐西蘭有此種蟲。　弓蕉：
香蕉。　粗糠：稻子的外殼。

十、民歌

vinˇ gua

1. 草山民謠

cau suaₙ vinˇ iauˇ

　　陽明山，舊名草山，下面介紹四十年代以前流傳的草山民謠一首。

大屯山頂向天池，　　　　　大屯山上有個向天池。
daiˇ dunˋ suaₙ dingˋ hiong tianˋ diˇ
圓山（仔）過去双連埤，　　圓山過去就是双連陂。
iₙˇ suaₙ　　gueˋ kiˇ siangˋ lianˇ bi　　埤：正字陂。
草山出有好果子，　　　　　草山出很好的水果。
cau suaₙ cuₜ uˇ hə gueˋ ziˋ
年年都有出多錢，　　　　　每年產量的收入甚多。
niˇ niˇ dəˋ uˇ cuₜ zueˇ ziₙˋ
娘仔青春二十二，　　　　　姑娘正是青春年華。
niuˇ aₕˋ cingˋ cun jiˇ zaₚˋ jiˋ

又 更 生 秀 及 文 理 ，　　　又美又雅。
iuˇ gəh sin sui` gah vunˇ li`

暝 日 思 想 都 是 伊 ，　　　日夜想她。
mi` ji_t su_L siu_n_L də_L si` i_L

會 得 做 夥 麼 无 疑 。　　　總相信會跟她在一起。
eˇ di_t zə hueˇ maˇ və qi

七 星 山 上 罩 茫 霧 ，　　　七星山上罩濃霧。
ci_t cin_L sua_n_L ding` da` vongˇ vu_L

沙 崙 對 面 海 圻 茨 ，　　　沙崙對面就是海圻茨。
sua_L lun_L dui` vin_L hai gin_L cu`

社 仔 出 有 冬 瓜 匏 ，　　　社子出產冬瓜和匏。
siaˊ a_h_L cu_t uˇ dang_L gue bu

通 賣 錢 銀 成 富 裕 。　　　賣出去賺錢可以富裕。
tang_L vueˇ zi_nˇ qunˊ zia_nˇ hu` ju_L

百 般 新 貨 有 可 取 ，　　　所有的新貨都有可取之處。
ba_h bua_n sin_L heˇ uˇ kə cu`

諸 某 多 歲 有 加 輸 ，　　　只有上年紀的女人就較差。
za_L vo` zueˇ heˇ uˇ ka_h su

夥 記 不 通 交 傷 久 ，　　　情婦不能交太久。
he gi` mˇ tang_L gau_L siu_n_L gu`

會 與 人 笑 大 愚 猪 。　　　不然會被人譏笑爲大傻瓜。
eˇ ho_L langˇ ciə` duaˇ qongˇ du

紗帽山上湧水石，　　　　　　紗帽山上有湧水石。

seʟ vəˇ suaⁿʟ dingˋ ing zui ziəh

新莊對面是枋橋，　　　　　　新莊對面有板橋。

sinʟ zng duiˋ vinʟ siˇ bangʟ giəˇ

北投設有磚碗窰，　　　　　　北投有設陶瓷窰。

baₖ dauˇ seₜ uˇ zng uaⁿˋ iəˇ

暝日不息是於燒。　　　　　　不分日夜都在

miˇ jiₜ buₜ siₖ diˇ e siə

驚與茨邊給我笑，　　　　　　怕鄰居笑。

giaⁿʟ hoʟ cuˇ biⁿ gaˇ qua ciə

不敢出嘴給伊招，　　　　　　不敢開口邀她。

mʟ gaⁿ cuₜ cui gaʟ iʟ ziə

若嫁別人眞可惜，　　　　　　不過如果嫁給別人那就太可惜。

naˇ geˋ baₜ langˇ zinʟ kə siəhˋ

嫁與貼心无不着。　　　　　　還是嫁給意中人才對。

geˋ hoʟ daˋ sim vəˇ mˇ diəh

七股山內店山猪，　　　　　　七股山裡有山猪。

ciₜ goˋ suaⁿʟ laiʟ diamˋ suaⁿʟ di

干豆對面峰仔峙，　　　　　　關渡對面眾峰峙立。

ganʟ dauʟ duiˋ vinʟ hang a diʟ

永福亦有出蕃薯，　　　　　　永福也有出產蕃薯。

ing hoₖˋ iaˇ uˇ cuₜ hanʟ ziˇ

眞正好食无地比。　眞正比其他地方出產的都好吃。
zin$_t$ zia$_n$ hə zia$_h$ və de bi

娘仔生秀及伶俐，　姑娘又美又聰明。
niu a$_h$ sin sui ga$_h$ ling li$_t$

可比一支牡丹枝，　像一支牡丹花。
kə bi zi$_t$ gi$_t$ vo dan$_t$ gi

不時思念无了時，　我無時不在思念。
bu$_t$ si su$_t$ liam və liau si

親像山猫望海魚。　就像山貓想魚一樣。
cin$_t$ ciu$_n$ sua$_n$$_t$ niau vang hai hi

竹仔山上有竹筍，　竹子山有出產竹筍。
de$_k$ a sua$_n$$_t$ ding u de$_k$ sun

滬尾對面八里坌，　淡水對面是八里。
ho ve dui vin$_t$ ba$_t$ li hun

海口水波白滾滾，　出海口白白的波浪。
hai kau zui pə be gun gun

每日都有大隻船。　每天都有大船來往。
mui ji$_t$ də$_t$ u dua zia zun

阿娘生秀笑吻吻，　姑娘又美又甜。
a$_h$ niu sin sui ciə vun vun

敢會迷哥令神魂，　似會勾人的靈魂。
ga$_n$ e ve gə e sin hun

娘仔思哥无愛睏，　　　　　　　　妳想我睡不着。
niuˊ aₕᵇ suᴸ gə vəˇ aiˋ kunˇ

哥來想娘亂紛紛。　　　　　　　　我想妳心裡亂。
gə laiˇ siuₙˇ niuˊ luanˇ hunᴸ hun

礦嘴山中噴硫礦，　　　　　　　　山中的礦穴噴出硫磺。
hongˇ cuiˋ suaₙ diong punˋ liuˇ hongˊ

宜蘭過去是羅東，　　　　　　　　宜蘭過去就是羅東。
qi lan gueˋ kiˇ siˇ ləˇ dong

双重溪底出白礦，　　　　　　　　双重溪出產白礦。
siangᴸ dingˇ ke dueˋ cuₜ beˇ hongˊ

通設旅館及別莊。　　　　　　　　那一帶可設旅館、別墅。
tangᴸ seₜ lu guanˋ gaₕ beₜᵇ zong

娘仔想哥不敢講，　　　　　　　　姑娘想情人不敢開口。
niuˊ aₕᵇ siuₙˇ gə mˇ gaₙ gongˋ

哥仔想娘講膨風，　　　　　　　　情人却沒有真情。
gə a siuₙˇ niuˊ gong pongˋ hong

起初用錢真敢妄，　　　　　　　　起初很捨得花錢。
ki co ingˇ ziₙˊ zinᴸ gaₙ vong

一時逢騙是足愚。　　　　　　　　不過一時被人騙真傻瓜。
ziₜᵇ si hongˇ pianˇ siˇ zioₖ qongᴸ

注：

干豆：關渡之舊稱。　逢：與人兩字合音。

2. 搭車民謠
daₕ　cia　vin˘　iau˘

台北搭車站站歇， dai　baₖ　daₕ　cia　zan˘　zan˙　hiəₕ	台北搭車站站停。
俄頭看着鶯歌石， qia˘　tau˘　kua n　diəₕ　ing˙　gə˙　ziəₕ	抬頭看到鶯歌石。
離別父母眞可惜， li˘　beₜ　be˘　vu˘　zin˙　kə　siəₕ	離開父母很可惜。
離別愛人看未着。 li˘　beₜ　ai˘　jin˘　kua n　vue˘　diəₕ	離開情人看不到。
鶯歌搭車佫桃園， ing˙　gə　daₕ　cia　gau˘　tə˘　hng˘	鶯歌搭車到桃園。
俄頭看着客人庄， qia˘　tau˘　kua n　diəₕ　keₕ　lang˘　zng	抬頭看到客家莊。
離別父母路頭遠， li˘　beₜ　be˘　vu˘　lo˘　tau˘　hng˙	離開父母路途遙遠。
離別愛人心頭酸。 ku˘　beₜ　ai˘　jin˘　sim˙　tau˘　sng	離開情人心裡悽悽焉。

桃園搭車絡台中，　　　　桃園搭車到台中。
tə hng da cia gau dai diong

兩人相愛不敢雄，　　　　兩人相愛不敢背棄。
lng lang siong ai m gan hiong

阿君出外姑不從，　　　　男人不得已才出外。
a gun cut qua go but ziong

阿娘身體着保重。　　　　姑娘身體要保重。
a niu sin te diəh bə diong

台中搭車絡嘉義，　　　　台中搭車到嘉義。
dai diong da cia gau ga qi

甘願嫁君做妻兒，　　　　情願嫁你爲妻。
gam quan ge gun zə ce ji

田莊草地阮敢去，　　　　鄉下農村我敢去。
can zng cau de qun gan ki

甘願食糜配蕃薯。　　　　情願過着喝粥配蕃薯那種艱困
gam quan ziah ve pe han zi　　　生活都能忍受。

注：

姑不從：原爲「姑不得而從」之省略。

3. 一个老不修
ziₜ eˇ lauˇ buₜ siu

一个老不修，	一位老風流。
ziₜ eˇ lauˇ buₜ siu	
歸日撚嘴鬚，	整天把玩鬍鬚。
guiˉ jiₜ lian cuiˇ ciu	
面斑鼻仔啄，	臉有黑斑鼻子突（高高）。
vinˉ ban piₙˊ aₕ doₖ	
頭鬃拍結毬。	頭髮不梳理。
tauˇ zang paₕ gaₜ giuˊ	
有水不洗浴，	
uˇ zuiˋ mˇ sue eₖ	
衫褲橡出油，	衣褲穿到髒的出油。
saₙ koˇ cingˇ cuₜ iuˊ	
上興管閒事，	最喜歡管閒事。
siong hingˋ guan ingˇ suˉ	
翹嘴降目珠，	嘴巴翹翹眼睛盯人似地。
kiauˇ cuiˇ gangˇ vaₖ ziu	
教人兒做痞，	教小孩做壞事。
gaˋ qin aₕ zəˋ paiˋ	

紙 牌 掃 來 抽 ，　　　玩賭博遊戲。
zua bai´ te˅ lai´ tiu

串 唱 无 字 曲 ，　　　專唱不通順的曲子。
cuan˅ ciu$_n$˅ və˅ ji´ ke$_k$ᵇ

見 講 足 風 流 ，　　　每次講的都是風流話。
gian˅ gong˅ zio$_k$ hong liu´

說 人 无 影 話 ，　　　愛多嘴胡說。
se$_h$ lang´ və˅ ia$_n$ ue^L

與 人 扭 嘴 鬚 ，　　　給人揪鬍鬚。
ho^L lang´ qiu cui´ ciu

腳 帛 紐 頤 管 ，　　　用女人纏足用的布綑在頸上。
ka^L be$_h$ liu˅ am´ gun˅

既 无 面 憂 憂 。　　　才能安樂去世。
zia$_h$ və˅ vin^L iu^L iu

4. 一 个 緣 投 兄
zi$_t$ᵇ e˅ ian´ dau˅ hia$_n$

一 个 緣 投 兄 ，　　　一位美男子。
zi$_t$ᵇ e˅ ian´ dau˅ hia$_n$

與 妻 拍 生 驚 ，　　　被妻子嚇着了。
ho^L ce^L pa$_h$ ci$_n$^{L} gia$_n$

正月初一日，
zian qe cue it jit

透早去拜正， 很早去拜年。
tau za ki bai zian

褲襬長短踦， 褲子穿得一邊長一邊短。
ko cing dng de ka

大路坦橫行， 橫斜着走路。
dua lo tan huain gian

人看眞好笑，
lang kuan zin hə ciə

勝愚勝无聽， 裝傻裝着沒聽到。
din qong din və tian

丈姆一下看， 丈母娘一看。
diun m zit e kuan

氣及不出聲， 氣得不做聲。
ki gah m cut sian

食蚶无扒殼， 吃蚶沒剝殼。
zia ham və be kak

食肉揀硬骿， 肉揀里脊肉吃。
zia vah ging qen pian

酒飲一下醉， 酒一喝醉。
ziu lim zit e zui

房間 四界 顛（此唸ㄉㄢ），　　在房間到處跌倒。
bang ging si gue dian dian

好 是 丈姆茨，　　幸好在丈母娘家。
hə di diun m cu

無着 食拍餅 。　　否則會被打一頓。
və diəh ziah pah pian

5. 一个敗子弟
zit e pai zu de

一个敗子弟，　　一個壞子弟。
zit e pai zu de

讀書展文藝，　　念書表現有學問。
tak zu dian vun qe

四書及五經，
su su gah qon ging

咿哦唸最濟，　　咿哦唸最多。
i ə liam zue ze

上京去考較，　　考較：考試。
ziun gian ki kə gau

博局騙偲父，　　賭博騙他的父親。
bua giau pian in be

考 官 卻 仝 名 ，　　　　　卻：取。
kə kuaₙ kiəh gang mia

寄 批 賣 茨 地 ，　　　　　寄信要賣房地產。
gia pue vue cu de

怹 父 哈 哈 笑 ，　　　　　
in be ha ha ciə

便 宜 信 彩 賣 ，　　　　　信彩：隨便，信走音。
bian qi cin cai be

輸 了 轉 來 茨 ，　　　　　輸完回到家。
su liau dng lai cu

氣 死 怹 老 父 ，　　　　　
ki si in lau be

怹 某 哭 及 罵 ，　　　　　
in vo kau gah me

火 燒 房 門 簾 ，　　　　　火燒房間的門簾。
hue siə bang mng li

四 界 人 齊 會 ，　　　　　到處的人都在談論此事。
si gue lang ziau he

臭 名 遍 天 下 。
cau mia pian tiₙ e

6. 一ㄐㄧㄠˋ隻ㄐㄚㄏ鷄ㄍㄝㄥ公ㄍㄤ 句ㄍㄨˋ句ㄍㄨˋ啼ㄉㄧˊ

    zi~t~ zia~h~ ge^L^ gang gu` gu` di´

一ㄐㄧㄠˋ隻ㄐㄚㄏ鷄ㄍㄝㄥ公ㄍㄤ 句ㄍㄨˋ句ㄍㄨˋ啼ㄉㄧˊ，

zi~t~ zia~h~ ge^L^ gang gu` gu` di´

一ㄐㄧㄠˋ个ㄝˇ新ㄒㄧㄣ婦ㄅㄨˋ 早ㄗㄚ早ㄗㄚ起ㄎㄧˋ，

zi~t~ e´ sin bu^L^ za za ki`

入ㄐㄧㄠˋ大ㄉㄨㄚˇ廳ㄊㄧㄢ 洗ㄙㄨㄝ桌ㄉㄜㄏ椅ㄧˋ，

ji~p~ dua´ tia~n~ sue də~h~ i`

入ㄐㄧㄠˋ房ㄅㄤˇ間ㄍㄧㄥ 做ㄗㄜˋ針ㄐㄧㄢ黹ㄐㄧˋ，

ji~p~ ` bang´ ging zə` ziam^L^ zi`

入ㄐㄧㄠˋ灶ㄗㄠˋ脚ㄎㄚ 洗ㄙㄨㄝ碗ㄨㄢ箸ㄉㄧˋ，

ji~p~ zau` ka sue ua~n~ di^L^

阿ㄜ那ㄌㄜ兄ㄏㄧㄚ， 阿ㄜ那ㄌㄜ弟ㄉㄧˋ，

ə lə hia~n~ ə lə di^L^

阿ㄜ那ㄌㄜ親ㄑㄧㄣ家ㄍㄝ 勢ㄑㄠˇ教ㄍㄠˋ示ㄒㄧˋ，

ə lə cin^L^ ge qau´ ga` si^L^

煩ㄏㄨㄢˇ惱ㄌㄜ猪ㄉㄨ 无ㄅㄜˇ潘ㄅㄨㄣ，

huan´ lə du və´ pun

煩ㄏㄨㄢˇ惱ㄌㄜ鴨ㄚㄏ 无ㄅㄜˇ卵ㄋㄥ，

huan´ lə a~h~ və´ nng´

煩惱 小 姑 每 嫁 无 嫁 粧 ，
huanˇ lə siə go veh geˇ vəˇ ge` zng

煩惱 小 叔 每 娶 无 眠 床 。
huanˇ lə siə zie_k veh cuaˇ vəˇ vinˇ cng´

注：

句句：鷄叫聲。　針黹：女紅刺繡。　潘：吃剩的菜餚及洗米水可供猪做飼料。此在歌唱做媳婦的一日忙碌及煩惱情境。

十一、相褒歌 （男女對唱）
siə˩　bə˩　gua

朋友大家企加倚，
bing˘　iu˙　dai˘　ge˩　kia˘　ka$_h$　ua˙
每唸挽茶相褒歌，
ve$_h$　liam˘　van˙　de´　siə˩　bə˩　gua
基隆宋令就是我，
ge˩　lang´　song˘　e˙　ziu˙　si˙　qua˙
拜託列位小焦(凋)磨。
bai˙　to$_k$　le$_t$˙　ui˩　siə　da˩　vua´

注：企加倚：站近一點。　小焦(凋)磨：稍微麻煩一下。　基
　　隆：舊名鷄籠。

解：請聽眾站近一點來聽我唱茶園採茶時的男女對唱歌，現
　　在要唱這條歌的，就是來自基隆姓宋的我，拜託你們聽
　　一聽吧！

拜託列位着來聽，
bai˙　to$_k$　le$_t$˙　ui˩　diə$_h$　lai˘　tia$_n$

宋ㄙㄥˋ 令ㄝˋ 編ㄅㄧㄢ 歌ㄍㄝ 有ㄨˋ 出ㄊㄨㄊ 名ㄇㄚˊ ，
song^v e^v bian^L gua u^v cu$_t$ mia^v

歌ㄍㄝ 仔ㄚˋ 專ㄗㄨㄢ 編ㄅㄧㄢ 七ㄑㄧㄊ 字ㄐㄧˋ 正ㄐㄧㄢ ，
gua a$_h^b$ zuan bian^L ci$_t$ ji^v zia$_n$

却ㄍㄜ 每ㄨㄝ 轇ㄉㄠ 句ㄍㄨ 及ㄍㄚ 好ㄏㄜ 聽ㄊㄧㄢ 。
gə$_h$ ve$_h$ dau^v gu^v ga$_h$ hə^v tia$_n$

注：着來：要來。　轇句：押韻。
解：以上兩段爲開場白。

因ㄧㄣˋ 爲ㄨㄧ 挽ㄅㄢ 茶ㄅㄝˊ 用ㄧㄥ 諸ㄗㄚˋ 某ㄅㄛˋ ，
in^v ui^v van de^v ing^v za^L vo^v

男ㄌㄢ 女ㄌㄨ 混ㄏㄨㄣ 雜ㄗㄚㄅ 做ㄗㄜ 糊ㄏㄜ 塗ㄉㄜ ，
lam^v lu^v hun^v za$_p$ zə^v ho^v do^v

近ㄍㄨㄣ 來ㄌㄞ 茶ㄅㄝ 界ㄍㄞ 眞ㄐㄧㄣ 進ㄐㄧㄣ 步ㄅㄛ ，
gun^v lai^v de^v gai^v zin^L zin^v bo^L

無ㄅㄜ 論ㄌㄨㄣ 幼ㄧㄨ 茶ㄅㄝ 抑ㄚ 是ㄒㄧ 粗ㄘㄜ 。
və^v lun^L iu^v de^v a^v si^v co

注：幼茶：嫩茶。　粗：粗茶。　抑是：或是。
解：最近茶業很進步，由於採茶用了女人，男女混雜，難免
　　發生感情事。

每挽春茶清明兜，

　veh　van　cun　de　ci_n　mia　dau

着倩茶工上山頭，

　diəh　cia　de　gang　ziu_n　sua_n　tau

却是清明令前後，

　gəh　si　ci_n　mia　e　zin　au

茶山諸某亂吵吵。

　de　sua_n　za　vo　luan　cau　cau

注：兜：時候。　倩：雇。

解：現在剛好是清明節前後，山上雇了很多男女茶工在採茶。

　　以上兩聯敘述茶園情景。

男唱：

三月時節都未寒，

　sa_n　qeh　si　zueh　də　vue　gua_n

事業做閒上茶山，

　su　qiap　zə　ing　ziu_n　de　sua_n

企停俄頭一下看，

　kia　ting　qia　tau　zit　e　kua_n

看着挽茶諸某官。

　kua_n　diəh　van　de　za　vo　gua_n

注：做閒：做完有空閒。　企停：停下來。

解：三月的天地已經不冷，因有空來到茶山，停走一看，見
　　了採茶女。

女唱：

　　　　　阮　娘　俄　頭　給　看　味　，
　　　　　quan niuˊ qiaˊ tau gaˋ kuaˋ maiˋ

　　　　　聽　伊　念　歌　即　會　知　，
　　　　　tianˋ iˋ liamˊ gua ziaʰ eˇ zai

　　　　　一　身　格　及　偌　好　派　，
　　　　　ziₜˋ sin geᵏ gaʰ ziaʰ hə paiˇ

　　　　　對　伯　茶　山　直　直　來　。
　　　　　duiˇ lan deˇ suaₙ diₜˋ diₜˋ laiˊ

注：給看味：看一看。格及：穿着，造作。　偌好派：這麼
　　氣派。

解：由於聽到了歌聲，我抬頭一看才知道，有穿着很體面的
　　人，正向茶山這邊走來。

男唱：

　　　　　看　娘　挽　茶　是　山　頂　，
　　　　　kuaₙˋ niuˊ van deˊ diˇ suaₙˋ dingˋ

　　　　　我　今　來　佫　山　下　平　，
　　　　　quaˋ daₙ laiˇ gauˋ suaₙˋ eˇ bingˊ

不ㄇˇ曾ㄅㄚㄊ匍ㄅㄝˋ崎ㄍㄚˇ成ㄐㄧㄢˇ僥ㄏㄠˇ倖ㄏㄥˇ，

mˇ　baₜ　beˋ　giaᴸ　zianˇ　hiauᴸ　hingᴸ

匍ㄅㄝˋ起ㄎㄧˋ跋ㄅㄨㄚˇ倒ㄉㄜˋ即ㄐㄧㄚ不ㄅㄨㄊ明ㄅㄧㄥˇ。

beˋ　kiˋ　buaˇ　dəˋ　ziaₕ　buₜ　vingˇ

解：看見妳在山上採茶，我想爬上去，却爬不慣，跌跌撞撞，

　　實在糟糕。

女唱：

你ㄌㄧˋ是ㄒㄧˋ不ㄇˇ曾ㄅㄚㄊ匍ㄅㄝˋ山ㄙㄨㄢˇ路ㄌㄛˇ，

liˋ　siˋ　mˇ　baₜ　beˋ　suanᴸ　loᴸ

安ㄢ怎ㄗㄨㄢˋ一ㄐㄧㄊ步ㄅㄛˇ匍ㄅㄝˋ歸ㄍㄨㄧˇ哺ㄅㄛ，

an　zuanˋ　ziₜ　boᴸ　beˋ　guiᴸ　bo

跋ㄅㄨㄚˇ絡ㄍㄚ土ㄊㄛˇ沐ㄈㄚㄢ歸ㄍㄨㄧˇ領ㄋㄧㄚ褲ㄎㄛˇ，

buaˇ　ga　toˇ　vaₖ　guiᴸ　nia　koˇ

无ㄈㄜˇ彩ㄘㄞˋ格ㄍㄝㄍ及ㄍㄚˇ赫ㄏㄧ尔ㄋㄧˇ蘇ㄙㄜ。

vəˇ　caiˋ　geₖ　gaₕ　hiaₕ　niˇ　so

注：安怎：爲什麼。　歸哺：整天，很久的意思。　沐：沾

　　到。　无彩：捨不得，難得。

解：看你爬了那麼久，難得穿的那麼漂亮，却沾滿了全身的

　　泥土。

男唱：

不曾匍山足成慘，

m̌ ba$_t$ be̊ sua$_n$ zio$_k$ zia$_n$ cam

跋及褲攏沐腌臜，

buǎ ga$_h$ ko̊ long va$_k$ am^L zam

我君一日想佫暗，

qua gun zi$_t$ ji$_t$ siu$_n$ ga am

想每合娘發笑談。

siu$_n$ ve$_h$ ga$_h$ niu pa$_h$ ciau dam

注：足成慘：很慘。　攏：都。　腌臜：骯髒。

解：因為沒有爬過山，所以跌跌倒倒，衣服都弄髒了，其實我一天到晚，都想來和妳聊一聊。

女唱：

聽你是講即句話，

tia$_n^L$ li di gong zi$_t$ gu ue^L

專工每來發笑誇，

zuan^L gang ve$_h$ lai pa$_h$ ciə kue

不知是每講啥貨，

m̌ zai si ve$_h$ gong sa$_n$ hue

着給阮娘照實回。

diə$_h$ ga^L quan niu ziau si$_t$ hue

注：專工：特地。　發笑誇：說笑話。　　回：回答。

解：聽說你想特地來和我說笑話，不知要說什麼呢，請你說
　　出來吧！

男唱：

挽　茶　諸　某　偌　多　人　，
van　deˇ　zaᴸ　voˇ　ziaₕ　zueˇ　langˊ

每　來　問　你　是　刁　工　，
veₕ　laiˇ　mngˇ　liˋ　siˇ　tiauᴸ　gang

看　妳　一　身　偌　姚　朗　，
kuanˋ　liˋ　zitᵇ　sin　ziaₕ　tiauᴸ　langᴸ

那　着　艱　苦　倚　茶　叢　。
na　diəₕᵇ　ganᴸ　koˋ　ua　deˇ　zangˊ

注：刁工：故意。　　姚朗：穿得很鮮美。

解：這麼多採茶女之中，我特別關心妳，看妳穿得好美，爲
　　何辛苦來採茶呢？

女唱：

阮　娘　算　是　无　翁　婿　，
quan　niuˊ　sngˋ　siˇ　vəˇ　angᴸ　saiˇ

茨　內　家　官　眞　嚴　乖　，
cuˋ　laiᴸ　geᴸ　guaₙ　zinᴸ　qiamˇ　qaiˊ

着受人管艱苦事(代)，

diəh siu lang guan kan ko dai

无講君仔你不知。

və gong gun a li m zai

注：翁婿：丈夫。　家官：公婆。　嚴乖：嚴格。乖字正負
　　兩用。　代：代誌，事情。

解：我沒有丈夫，家裡養父母管得很嚴，不說你也不知道。

男唱：

聽娘是人令養女，

tian niu si lang e iong li

受着家官嚴乖時，

siu diəh gel guan qiam qai si

上山挽茶无捨施，

ziun suan van de və sia si

曝及面仔紅肌肌。

pak gah vint ah ang git gi

注：無捨施：可憐。　紅肌肌：紅紅的。

解：聽妳說才知道是人家的養女，受了嚴苛的管教，眞可憐
　　呀，臉都曬得紅紅的。

女唱：

你 有 苦 憐 我 否 命 ，

li˘ u˘ ko lian˘ qua˘ pai mia˙

我 今 續 講 與 你 聽 ，

qua˘ daₙ sua˘ gong ho˙ li˘ tiaₙ

不 是 人 仒 親 生 孿 ，

m˘ si˘ lang˘ e˘ cin˙ sinᶫ gia˘

事 事 每 講 是 繪 行 。

su˘ su˙ vₑh gong˘ si˘ vue˘ gia´

注：否命：命壞。 繪行：不能做。

解：你同情我，我就再說給你聽吧，因為我不是親生的孩子，
所想做的事，都不行。

男唱：

聽 妳 講 着 偌 否 命 ，

tiaₙᶫ li˘ gong diₐh ziₐh pai mia˙

身 邊 又 更 無 親 兄 ，

sinᶫ biₙ iu˘ gₑh və˘ cin˙ hiaₙ

世(序) 大 家 官 却 無 疼 ，

si˘ dua˙ gₑ˙ guaₙ gₑh və˘ tiaₙ˘

所 講 維 話 伊 不 聽 。

so gong˘ e˘ ue˙ i˙ m˘ tiaₙ

注：又更：而且。　親兄：意愛的人。　世(序)大家官：長
　　輩及養父母。　无疼：不疼愛。

解：聽你說眞是命苦，身邊沒有意愛的人，而家裡的人對你
　　都不疼愛，一點也不聽你的話。

女唱：

　　　我 今 食 及 十 八 九，
　　　quaˋ daₙ ziaˇ gaₕ zapᵇ buehₕ gauˋ

　　　全 部 做 穡 出 外 頭，
　　　zuanˇ boˋ zəˋ sitₜ cuₜ quaˇ tauˇ

　　　一 个 小 叔 讀 學 校，
　　　zitₜ eˇ siə ziekₖ takₖ hakₖ hauᴸ

　　　心 肝 歪 歪 鼻 鉤 鉤。
　　　simᴸ guaₙᴸ uaiᴸ uai piₙᴸ gauᴸ gau

注：食及：長大到。　做穡：做工。　出外頭：在外面。　鼻
　　鉤鉤：鶯哥鼻。

解：我已十八九歲了，都在外面做工，家裡有個比我年青的
　　男孩，鶯哥鼻心地並不好。

男唱：

　　　聽 娘 妳 講 眞 苦 憐，
　　　tiaₙᴸ niuˇ li gongˋzinᴸ ko lianˇ

我 每 給 妳 問 加 眞 ，

qua` veh ga` li` mng` kah zin

家 官 无 疼 无 要 緊 ，

geᴸ guan və` tian` və` iau` gin`

叫 妳 生 母 來 贖 身 。

giəh li` sinᴸ vu` laiˇ sioкʰ sin

注：問加眞：問詳細一點。　贖身：由娘家還錢以贖回養女。

解：既然這麼可憐，爲何不叫娘家來贖回妳。

女唱：

阮 茨 外 家 是 眞 散 ，

quan cuˇ qua` ge si` zinᴸ sanˇ

滯 是 眞 遠 令 宜 蘭 ，

duaˇ diˇ zinᴸ hngᴸ eˇ qiˇ lanˊ

這 事 无 人 替 我 辦 ，

ze suᴸ və` langˊ te` qua banᴸ

暝 日 煩 惱 心 不 安 。

miˇ jiт huanˇ lə` sim buт an

注：散：散赤；很窮。

解：我的娘家很窮，又在很遠的宜蘭，所以一直沒有人替我
　　辦這件事，我爲此日夜煩惱。

男唱：

妳ㄌ、若ㄋㄚˇ有ㄨˇ每ㄍㄨㄟㄏ嫁ㄍㄝˋ翁ㄤㄥ婿ㄙㄞˇ，

li na u veh ge ang sai

恁ㄌㄣ茨ㄘㄨˇ所ㄙㄜ在ㄗㄞㄥ我ㄍㄨㄚˋ都ㄉㄜㄥ知ㄗㄞ，

lin cu so zai qua də zai

我ㄍㄨㄚˋ即ㄐㄚㄏ給ㄍㄨㄚˇ妳ㄌ問ㄇㄥˋ看ㄎㄨㄚˋ味ㄇㄞㄥ，

qua ziaₕ ga li mng kuaₙ mai

找ㄘㄝˇ佫ㄍㄚˇ相ㄒㄧㄛㄥ當ㄉㄜㄥ會ㄝˇ合ㄏㄚˇ台ㄉㄞˇ。

ce ga siong dong e ha dai

注：合台：相配。

解：妳如果想嫁人，我都知道妳家，我才給妳問問看，給妳
　　找個好丈夫。

女唱：

你ㄌ、每ㄍㄨㄟㄏ給ㄍㄚˇ我ㄍㄨㄚˇ轉ㄉㄠˇ相ㄙㄚㄥ共ㄍㄤㄥ，

li veh ga qua dau san gang

阿ㄚㄥ君ㄍㄨㄣ眞ㄐㄧㄣㄥ正ㄐㄧㄚˇ勢ㄎㄠˇ做ㄗㄜˋ人ㄌㄤˇ，

a gun zin ziaₙ qau zə lang

我ㄍㄨㄚˋ有ㄨˇ一ㄐㄧㄊ話ㄨㄝㄥ對ㄉㄨㄧˋ你ㄌ講ㄍㄤˇ，

qua u ziₜ ue dui li gang

不ㄇˇ知ㄗㄞㄥ通ㄊㄤㄥ講ㄍㄥˇ抑ㄚˇ不ㄇˇ通ㄊㄤ。

m zai tang gong a m tang

注：轐相共：幫忙。　勢做人：很會替別人設想。

解：你肯幫忙，眞是好人，不過我有一句話，不知道可不可以對你說。

男唱：

　　　　妳 有 啥 款 做 妳 講，
　　　　li u san kuan`zə` li gong`
　　　　君 子 至(接)接 加 无 妨，
　　　　gun zu zi ziaᵖ kaₕ və hong
　　　　妳 有 啥 款 令 希 望，
　　　　li u san kuan e hi vong
　　　　抑 是 有 啥 无 妥 當。
　　　　aₕ si u san və tə dong

注：啥款：什麼事。　做妳講：說吧不用客氣。　接接加无妨：不會漏洩秘密。　至(接)接：接待。

解：妳到底有什麼事，或想些什麼或有不如意的事，請妳隨便說吧，我會爲妳守密。

女唱：

　　　　想 每 講 出 驚 否 勢，
　　　　siun veₕ gong`cut` gian pai se

　　　　　每你給阮轉挽茶，
　　　　　ve_h　li　ga　quan　dau　van　de'

　　　　　不却姊妹則尔多，
　　　　　m　$gə_h$　zi　ve　zia_h　ni　ze

　　　　　亦有外人及頭家。
　　　　　ia　u　qua　lang'　ga_h　tau　ge

注：驚否勢：不好意思。　不却：不過。　頭家：老板。

解：不是別的，是想請你幫我一起採茶，可是不好意思說出口，不過這裡還有很多採茶女，也有外人及老板呢。

男唱：

　　　　　妳每招我挽全叢，
　　　　　li　ve_h　ziə　qua　van　gang　zang'

　　　　　驚了頭家及茶工，
　　　　　gia_n　liau　tau　ge　ga_h　de　gang

　　　　　我今給妳說下項，
　　　　　qua　da_n　ga　li　se　e　hang

　　　　　人問給講娘令翁。
　　　　　lang'　mng　ga　gong　niu　e　ang

注：說下項：說明緣故。

解：妳既然要我一起採茶，卻怕人家說閒話，那我告訴妳方法吧，人家如果問就說我是妳丈夫。

女唱：

你 每 假 我 令 翁 婿 ，
liˋ veh ge qua e˘ ang˩ sai˩

瞞 過 外 人 即 不 知 ，
mua˘ geˋ qua˘ lang˘ ziah m˘ zai

若 問 理 由 即 條 代 ，
na˘ mng˩ li iu˘ zit diau˘ dai˩

問 娘 丈 夫 底 位 來 。
mng˘ niu˘ diong˘hu də ui˩ lai˘

注：代：代誌。　底位：何處。

解：為瞞過外人，你要假為我丈夫是可以的，只是人家如果
　　問我，你是那裡人，我要怎麼回答呢？

男唱：

若 問 丈 夫 令 事 件 ，
na˘ mng˩ diong˘hu e˘ su gian˩

你 照 儕 話 講 與 聽 ，
li ziauˋ ziae ue˩ gong ho˩ tian

前 月 恁 即 來 送 定 ，
zing˘ qeh in˩ ziah lai˘ sangˋ dian˩

猶 未 娶 入 令 親 情 。
iah ve˘ cua˘ jip e˘ cin˩ zian˘

注：事件：事情。　俙＝茲ㄐㄚ令ㄝ：這些。　忩：他的(家)。
　　送定：訂婚。　親情：親戚，這裡指未婚夫。

解：如果問起我的事，妳照這些話說吧！說我是前個月才訂
　　婚的未婚夫。

女唱：

　　　　　你計智成勢用，
　　　　　li` e` ge` di` zia$_n$` qau` ing^L
　　　　　今緊及娘挽仝墥，
　　　　　da$_n$ gin` ga$_h$ niu` van gang` ling`
　　　　　不知君仔啥心性，
　　　　　m` zai gun a sa$_n$ sim$^L$ sing`
　　　　　聽君講話足正經。
　　　　　tia$_n$^{L} gun gong ue^L zio$_k$ zing` ging

注：成勢用：很會用。　仝墥：同一茶墥。　足：很。
解：你的機智很不錯，那麼現在趕快一起採茶吧，只是不知
　　你的性情如何，雖然聽你說的話好像很正直老實。

男唱：

　　　　　今我爲娘挽一秉(把)，
　　　　　da$_n$ qua` ui` niu` van zi$_t$` be`

叫娘伸手過來掜，

gəh niu cng ciu ge lai teh

看娘一身成好体，

kuan niu zit sin zian hə te

目珠重巡面肉白。

vak ziu ding sun vin vah beh

注：好体：身材好。　目珠重巡：俗以雙瞼皮爲美。巡正字
　　勻。

解：我已爲妳採好一大把茶葉了，請妳伸手過來接吧，看妳
　　眞漂亮，皮膚白眼睛又好看。

女唱：

伸手給君掜茶荣，

cng ciu ga gun te de cai

看君形体即會知，

kuan gun hing te ziah e zai

目尾給君你偷使，

vak ve ga gun li tau sai

生做清標好人才。

sin zue cing piau hə lang zai

注：茶荣：茶葉。　生做：長相。　清標：瀟洒。

解：伸手接過茶葉時，偷偷看你一眼，才知道你生得英俊，

是相當好的人才。

男 唱：

看 娘 目 神 赫 活 動 ，

kua_n` niu´ va_kᵇ sin´ hia_h ua˘ dang└

目 尾 偷 觀 君 一 人 ，

va_kᵇ ve˘ tau└ guan gun zi_tᵇ lang´

害 我 想 着 遂 顢 顢 ，

hai˘ qua` siu<sub>n</sub>` diə_h sua_h qang´ qang└

一 个 空 空 不 知 人 。

zi_tᵇ e´ kong└ kong˳ m˘ zai└ lang´

注：目神：眼神。　逐顢顢：竟呆住了。　空空：茫然自失。
解：看妳的眼神很靈活，被妳偷偷一看，我竟然自失，呆住
　　了半天。

女 唱：

看 君 企 咧 遂 定 定 ，

kua_n` gun kia└ le_hᵇ sua_h dia_n˘ dia_n└

我 娘 開 嘴 叫 一 聲 ，

qua niu´ kui cui´ giə_h zi_tᵇ sia_n

來 挽 全 平 加 有 影 ，

lai˘ van gang´ bing´ ka_h└ u˘ ia_n`

　　　合君 講 話 驚人 聽 。
　　　ga_h　gun　gong　ue　gia_n　lang　tia_n

注：遂定定：竟連動也不動。　開嘴：開口。　仝平：同一
　　邊。　加有影：比較好。

解：看你呆站着，就喊你一聲，請你和我同一邊採，免得講
　　話被別人聽到。

男唱：

　　　聽 娘 叫 我 挽 仝 平 ，
　　　tia_n　niu　giə_h　qua　van　gang　bing
　　　心 頭 迄 久 即 精 神 ，
　　　sim_t　tau　hi_t　gu　zia_h　zing　sin
　　　今 日 來 佫 妳 山 頂 ，
　　　gia_n　ji_t　lai　gau　li　sua_n　ding
　　　看 娘 十 分 好 感 情 。
　　　kua_n　niu　za_p　hun　hə　gam　zing

注：迄久：那時候。　精神：清醒過來。
解：被妳叫了一聲，那時候才被喚醒的樣子，我今天來妳這
　　裡，看妳對我一片好感。

女唱：

看 君 意 愛 是 心 內，
kua_n` gun i` ai` di` sim^L lai^L

精 差 不 敢 講 出 來，
zing^L ca m` ga_n gong cu_t lai´

想 每 講 出 見 笑 代，
siu_n` ve_h gong cu_t^b gian` siau` dai^L

算 是 初 逢 你 都 知 。
sng` si` co^L hong´ li` də^L zai

注：精差：只是。　見笑代：害羞的事；代：代志之省字。

解：知道你心裡已很喜歡，不過因為初次見面，害羞不敢說
　　出來。

男唱：

妳 有 啥 話 娘 着 講，
li` u` sa_n ue^L niu´ diə_h^b gong`

不 免 驚 了 是 初 逢，
m` vian` gia_n^L liau si` co^L hong´

是 有 安 怎 不 妥 當，
si` u^L an zua_n m` tə` dong´

抑 是 啥 款 未 相 當 。
a` si` sa_n kuan` vue´ siong^L dong

注：安怎：什麼。

解：妳有什麼請直說，別因害羞初見面，是不是有什麼不妥
　　當的地方呢？

女唱：

　　　　你問我給君講起，
　　　　li mng qua ga gun gong ki

　　　　一句每給君通知，
　　　　zi$_t$ gu ɣe$_h$ ga gun tong di

　　　　講出不却眞厭氣，
　　　　gong cu$_t$ m gə$_h$ zin ian ki

　　　　愛每你我來同居。
　　　　ai ɣe$_h$ li qua lai dong gi

注：厭氣：不好意思。　不却：不過。

解：你既然問了，我就說吧，雖然有點不好意思，我是想和
　　你同居。

男唱：

　　　　聽娘妳講令世面，
　　　　tia$_n$ niu li gong e se vin

　　　　愛每你我來結親，
　　　　ai ɣe$_h$ li qua lai ge$_t$ cin

古ㄍ 早ㄗ 令ㄝ 話ㄨㄝ 愛ㄞ 着ㄉㄜ 信ㄒㄧ ，
go za e ue ai diəh sin

人ㄌㄤ 說ㄙㄝ 弄ㄌㄛ 假ㄍㄝ 遂ㄙㄨ 成ㄒㄧ 眞ㄐㄧ 。
lang seh long ge suah sing zin

注：世面：情形。

解：聽妳的話意似乎想與我結婚，不過是不是眞的，妳沒聽
　　過古人說弄假會成眞嗎？

女唱：

弄ㄌㄛ 假ㄍㄝ 成ㄒㄧ 眞ㄐㄧ 无ㄅㄜ 關ㄍㄨㄢ 係ㄏㄝ ，
long ge sing zin və guan he

拄ㄉㄨ 搪ㄉㄥ 阮ㄍㄨㄢ 娘ㄋㄧㄨ 來ㄌㄞ 挽ㄅㄢ 茶ㄉㄝ ，
du dng quan niu lai van de

嫁ㄍㄝ 翁ㄤ 娶ㄘㄨㄚ 某ㄅㄜ 是ㄒㄧ 大ㄉㄨㄚ 体ㄊㄝ ，
ge ang cua vo si dua te

你ㄌㄧ 是ㄒㄧ 棄ㄎㄧ 嫌ㄏㄧㄚㄇ 阮ㄍㄨㄢ 柴ㄘㄚ 耙ㄅㄝ 。
li si ki hiam quan ca be

注：拄搪：適逢，巧遇。　大体：應當的事。　棄嫌：嫌棄。
　　柴耙：俗稱粗野的女人。

解：眞正弄假成眞也无所謂，這是巧遇啊！本來男女結婚是
　　理所當然的事，只怕你嫌不嫌我是個粗俗的女人。

男唱：

講 佫 棄 嫌 就 无 理，
gong gau ki hiam ziu və li

看 着 娘 面 眞 合 脾，
kuan diəh niu vin zin ha bi

當 今 文 明 令 時 氣，
dong gim vun ving e si ki

每 是 古 早 病 相 思。
veh si go za bin siun si

注：合脾：合意。　古早：以往。

解：那有嫌妳的話，看到妳我非常中意，如果在從前的年代，
　　我會爲妳患相思病呢。

女唱：

合 你 講 佫 每 成 事，
gah li gong ga veh sing su

你 每 與 我 做 丈 夫，
li veh ho qua zə diong hu

恁 茨 牽 手 都 敢 有，
lin cu kan ciu də gam u

麼 着 給 我 報 言 詞。
ma diəh ga qua bə qian su

注：恁茨：你家。　牽手：太太。　　佫ㄚˇ：省音，到。

解：話已經談好，不過要先弄清楚，你家有沒有妻子。

男唱：

我ㄍㄨㄚˋ 君ㄍㄨㄣ 猶ㄧㄠˊ 未ㄨㄝˋ 娶ㄘㄨㄚˇ 牽ㄍㄢˋ 手ㄑㄧㄨˋ，

qua` gun iau ve˪ cua˅ kan˪ ciu`

即ㄐㄧㄚㄏ 有ㄨˇ 出ㄘㄨㄊ 來ㄌㄞˇ 四ㄒㄧˋ 界ㄍㄨㄝˋ 遊ㄧㄨˊ，

ziaₕ u˅ cuₜ lai˅ si` gue` iu´

如ㄋㄚˇ 果ㄍㄚˋ 姻ㄧㄇˋ 緣ㄧㄢˊ 每ㄨㄝㄏ 成ㄒㄧㄥˇ 就ㄐㄧㄨˋ，

na˅ ga im˪ ian´ veₕ sing˅ ziu˪

嘴ㄘㄨㄧˋ 苟ㄍㄚˋ 講ㄍㄨㄥˋ 出ㄘㄨㄊˋ 不ㄇˇ 通ㄊㄤˋ 收ㄒㄨ。

cui` ga gong cuₜ˪ m˅ tang˪ siu

注：四界：到處。

解：我還未結婚，才到處玩，如果要把姻緣結成，既然說出
　　來，就不應該把話收回去。

女唱：

合ㄍㄚㄏ 你ㄌㄧˋ 講ㄍㄨㄥˋ 及ㄍㄚㄏ 成ㄒㄧㄥˊ 成ㄒㄧㄥˇ 成ㄒㄧㄥˊ，

gaₕ li` gong gaₕ sing´ sing˅ sing´

你ㄌㄧˋ 每ㄨㄝㄏ 娶ㄘㄨㄚˇ 我ㄍㄨㄚˋ 都ㄉㄜˋ 正ㄐㄧㄥˋ 經ㄍㄧㄥ，

li` veₕ cua˅ qua` də˪ zing` ging

不知郎家啥字姓，
m̌ zai˙ long˙ ga san ji˙ sing˙

麼着給娘說分明。
ma˙ diəh˙ ga˙ niu˙ se˙ hun˙ ving˙

注：成成成：很順利。

解：已和你說得很順利，你真心要娶我，也要把你的姓名告
　　訴我。

男唱：

名姓給妳說已定，
mia˙ sin˙ ga˙ li˙ se˙ i ding˙

妳着詳細聽與明，
li˙ diəh˙ siong˙ se˙ tian ho˙ ving˙

若每起茨着愛用，
na˙ veh ki cu˙ diəh˙ ai˙ ing˙

麼着疊壁及隔間。
ma˙ diəh˙ tiap˙ biah˙ gah ge˙ ging

注：說已定：說明白。　第三、四句是字謎，以使對方猜出
　　名姓，第三句意在蓋房子用猜「杉」（即名為杉），第
　　四句意在疊壁及隔間猜「磚」字（音同「莊」姓）。

解：好，就告訴妳姓名吧，請妳猜猜蓋房子和疊牆壁用的材
　　料，那就是我的名字呀。

女唱：

聽 君 你 講 有 坎 站 ，
tia_n gun li gong u kam zam

就 是 號 做 莊 阿 杉 ，
ziu si hə zə zng a sam

家 姓 伯 却 无 相 濫 ，
ge sing lan gəh və siə lam

姻 緣 不 是 發 笑 談 。
im ian m si pa_h ciau dam

注：有坎站：有條理。　無相濫：沒混同，俗忌同姓結婚。

解：這麼說，我已經猜出您的名字叫莊阿杉，幸好我倆的姓
　　並沒混同，說起來結婚不是開玩笑的。

男唱：

驚 了 妳 合 我 同 姓 ，
gia_n liau li gah qua dang si_n

妳 着 續 給 我 通 知 ，
li diə_h sua ga qua tong di

姻 緣 久 久 令 代 誌 ，
im ian gu gu e dai zi

不 是 虛 華 取 現 時 。
m si hu hua cu hian si

注：續：順便。 代誌：事情。

解：也請妳告訴我妳的姓名吧，既然要談婚姻長久的事，就不能只談眼前。

女唱：

看君兮人都未愚，
kuan` gun eˇ lang´ də˪ vueˇ qong˪
知君肚內足會通，
zai˪ gun doˇ lai˪ ziok eˇ tong
即久就每給你講，
zit gu` ziuˇ veh gaˇ li gong`
即項物件是猪公。
zit hangˇ miˇ gian˪ di´ di˪ gong

注：肚內足會通：聰明。 第四句是字謎，要讓猜出名字。在祭拜時猪公含在口裡的東西，猜「楊阿柑」。按楊、羊同音。

解：我的名字也給你猜吧，那是祭拜時，猪羊含在口裡的東西。

男唱：

驚了妳給我濫糝，
gian liau li` gaˇ qua` lamˇ sam`

刁_{ㄊㄠˋ}工_{ㄍㄤ}說_{ㄙㄝˋ}來_{ㄌㄞˇ}發_{ㄆㄚˍ}笑_{ㄑㄠˋ}談_{ㄉㆰˇ}，

tiau$_L$ gang se` lai´ pa$_h$ ciau` dam´

若_{ㄋㄚˇ}无_{ㆠㄜˇ}給_{ㄍㄚˋ}我_{ㄍㄨㄚˋ}烏_ㆦ白_{ㄅㄝˇ}探_{ㄊㆰˋ}，

na´ və´ ga` qua` o be´ tam`

就_{ㄐㄨˇ}是_{ㄒㄧˋ}叫_{ㄍㄧㄜˍ}做_{ㄗㄜˋ}楊_{ㄧㄨˇ}阿_{ㄚˍ}柑_{ㄍㆰ}。

ziu´ si` giə$_h$ zə` iu$_n$´ a$_L$ gam

注：驚：怕。 濫摻：亂來，亂說。 刁工：故意。 烏白探：亂讓人家猜。

解：妳不是開玩笑亂說給人家猜的話，我猜妳的名字就叫楊阿柑。

女唱：

君_{ㄍㄨㄣ}仔_ㄚ姓_{ㄒㄧˋ}莊_{ㄗㆭ}娘_{ㄋㄧㄨˇ}姓_{ㄒㄧˋ}楊_{ㄧㄨˇ}，

gun a sin` zng niu´ sin` iun´

字_{ㄐㄧ}姓_{ㄒㄧㄥˇ}都_{ㄉㄜˍ}无_{ㆠㄜˇ}仝_{ㄍㄤ}生_{ㄒㄧˋ}張_{ㄉㄨ}，

ji´ sing´ də$_L$ və´ gang´ sin$_L$ diu$_n$

問_{ㄇㆭˇ}君_{ㄍㄨㄣ}心_{ㄒㄧㆬ}肝_{ㄍㄨㆩ}想_{ㄒㄧㄨˋ}怎_{ㄗㄨㆩ}樣_{ㄧㄨˋ}，

mng´ gun sim$_L$ gua$_n$ siu$_n$´ zua$_n$ iu$_n$$_L$

麼_{ㄇㄚˇ}着_{ㄉㄧㄜˍ}實_{ㄒㄧㄊˋ}情_{ㄐㄧㄥˇ}回_{ㄏㄨㄝˇ}復_{ㄏㄜˋ}娘_{ㄋㄧㄨˇ}。

ma´ diə$_h$´ si$_t$` zing´ hue´ ho$_k$` niu´

注：仝生張：相同。 回復：回答。

解：你姓莊，我姓楊，姓並不同，不過這件事究竟怎麼處理，

請告訴我一下。

男唱：

妳、今、叫、我、回、言、語、，
li dan giəh qua hue qian qi

我、就、給、妳、說、透、枝、，
qua ziu ga li se tau gi

即、班、我、若、轉、鄉、里、，
zit bang qua na dng hiun li

會、找、媒、人、先、通、知。
e ce hm lang sing tong di

注：說透枝：說個清楚。　即班：這次。

解：妳要問我怎麼做，我先告訴妳，我是想一回到故鄉就請
　　人來說媒。

女唱：

一、崙、挽、了、過、一、崙、，
zit lun van liau ge zit lun

歡、喜、配、着、秀、阿、君、，
huan hi pue diəh sui a gun

是、伯、夙、世、有、緣、份、，
si lan siok se u ian hun

若 看 却 遂 若 斯 文。

na　kua$_n$　gə$_h$　sua$_h$　na　su$^∟$　vun´

解：茶葉從這山採到那山，一想能配到像你這樣瀟洒的意中人，這都是前世的姻緣吧，你竟越看越文雅，我內心實在高興。

男唱：

給 娘 轐 挽 一 大 秉(把)，

ga´　niu´　dau`　van　zi$_t^b$　dua´　be`

下 落 茶 籠 不 免 搐，

he´　lə´　de´　lang`　m´　vian　te$_h$

姻 緣 今 伯 講 好 勢，

im$^∟$　ian´　da$_n$　lan`　gong　hə　se´

娶 着 秀 娘 无 分 被。

cua´　diə$_h^b$　sui　niu´　və`　ban`　pe$^∟$

注：下落：放下。　講好勢：說好。　无分被：沒料想到。

解：爲妳採了一大堆了，就直接放在妳的簍子裡，免得妳手來接，現在我倆已情投意合了，沒想到會娶這位美嬌娘。

女唱：

一 叢 挽 了 過 一 叢，

zi$_t^b$　zang´　van　liau`　ge`　zi$_t^b$　zang´

歡喜我娘配秀翁，

huaₙ hi qua niu pue sui ang

給君你說一个項，

gaˇ gun li seh zit eˇ hangᴸ

你今轉去叫媒人。

liˋ daₙ dng ki gieh mueˇ langˊ

注：秀翁：英俊的丈夫。　一个項：一件事。

解：從這株採到那株，很高興能嫁給你這位英俊的人，就請
　　你趕快回去請人來說媒吧。

男唱：

合娘相辭每回轉，

hah niu sieᴸ si veh hueˇ dngˋ

想着心肝麼成酸，

siuₙˇ dieh simᴸ guaₙ maˇ ziaₙ sng

我叫媒人恁茨問，

qua gieh hmˇ langˊ lin cuˇ mngᴸ

妳今不通滯茶園。

liˋ daₙ mˇ tangᴸ duaˋ deˇ hngˊ

注：成酸：很難過。

解：要和妳辭別回家，心裡很難過，不過我要請媒人來，妳
　　就不要在茶園做工了。

女唱：

合ㄍㄏ君ㄍㄣ 行ㄍㄧㄚˇ出ㄊㄨㄊ茶ㄉㄝˇ園ㄏㄥ外ㄍㄨㄚㄴ，

ga_h gun gia_n^ cu_t de^ hng qua^L

害ㄏㄞˇ我ㄍㄨㄚˋ 无ㄇㄜˇ心ㄒㄧㄇㄴ 通ㄊㄤㄴ 念ㄌㄧㄚㄇˇ歌ㄍㄨㄚ，

hai^ qua` və^ sim^L tang^L liam^ gua

不ㄇˇ知ㄗㄞㄴ底(是)ㄉㄧˇ 時工ㄒㄧ 即ㄐㄧㄚㄏ每ㄨㄝㄏ娶ㄘㄨㄚㄴ，

m^ zai^L di^ si^ zia_h ve_h cua^L

驚ㄍㄧㄚㄴ哥ㄍㄜ 做ㄗㄜˋ事ㄙㄨㄴ勢ㄑㄠˇ拖ㄊㄨㄚㄴ沙ㄙㄨㄚ。

gia_n^L gə zə` su^L qau^ tua^L sua

注：勢拖沙：很會拖時間。

解：和你走出茶園，因離別的傷感，再也沒有唱歌的心情，
　　不知何時才能結婚，深怕你會拖延時間。

男唱：

双ㄒㄧㄤㄴ脚ㄎㄚ踏ㄉㄚˇ出ㄊㄨㄊ娘ㄋㄨˊ茶ㄉㄝˇ園ㄏㄥˊ，

siang^L ka da^ cu_t niu^ de^ hng^

想ㄒㄧㄨˇ着ㄉㄧㄜㄏ歡ㄏㄨㄢㄴ喜ㄏㄧ脚ㄎㄚ繪ㄨㄝˇ酸ㄙㄥ，

siu_n^ diə_h hua_n^L hi` ka vue^ sng

今ㄍㄧㄚㄴ日ㄐㄧㄊ得ㄉㄧㄊ着ㄉㄧㄜㄏ即ㄐㄧㄊ項ㄏㄤㄴ物ㄇㄥㄏ，

gia_n ji_t di_t diə_h^ zi_t hang^L mng_h

加ㄍㄚ好ㄏㄜ織ㄐㄧㄊ女ㄌㄨ見ㄍㄧㄣ牛ㄍㄨˇ郎ㄌㄥˊ。

ka_h hə zi_t lu` gi_n` qu^ lng^

注：即項物：這件事。

解：走出茶園，因心裡高興，脚一點也不覺得累，今天的緣
　　份眞是勝過牛郎會織女啊。

男唱：

未　記　恁　滯　啥　地　號　，
vue` gi` lin dua` san de` hə˩

妳　更　給　我　說　下　落　，
li` gəh ga` qua se` he` ləh

麼　着　給　君　照　實　報　，
ma` diəh` ga` gun ziau` sit` bə`

媒　人　即　繪　去　找　无　。
hm` lang´ ziah vue` ki ce` və`

注：未記：忘記。　下落：詳細。

解：我把妳家的住址忘記了，請再告訴我一下，要實在的說，
　　不然媒人找不到地方。

女唱：

聽　君　你　問　有　貨　項　，
tian˩ gun li` mng˩ u` he` hang˩

給　君　你　報　就　對　同　，
ga` gun li` bə` ziu` dui` dang´

安ㄢ 尔ㄋ 你ㄌ 想ㄒㄧㄨ 就ㄐㄧㄨ 明ㄇㄥ 朗ㄌㄤ，

an　ni　li　siu_n　ziu　ving　lang

店ㄉㄧㄢ 是ㄉㄧ 水ㄗㄨㄟ 蛙ㄍㄨㄝ 更ㄍㄥ 換ㄨㄚ 孔ㄎㄤ。

diam　di　zui　gue　g_əh　ua_n　kang

注：有貨項：有道理。　對同：沒錯。　安尔：這樣。　第
　　四句係猜句猜地名「新店」，按「店」之義即住。

男唱：

所ㄙㄛ 在ㄗㄞ 有ㄨ 報ㄅㄛ 未ㄨㄝ 走ㄗㄠ 閃ㄒㄧㄢ，

so　zai　u　b_ə　vue　zau　siam

若ㄋㄚ 來ㄌㄞ 找ㄘㄝ 无ㄨㄛ 海ㄏㄞ 摸ㄇㄛ 針ㄐㄧㄢ，

na　lai　ce　v_ə　hai　mo　ziam

安ㄢ 尔ㄋ 對ㄉㄨㄟ 對ㄉㄨㄟ 是ㄒㄧ 新ㄒㄧㄣ 店ㄉㄧㄢ，

an　ni　dui　dui　si　sin　diam

老ㄌㄠ 實ㄒㄧㄊ 人ㄌㄤ 即ㄐㄧㄚ 艙ㄨㄝ 犯ㄏㄨㄢ 嫌ㄏㄧㄢ。

lau　sit　lang　zia_h　vue　huan　hiam

注：未走閃：想逃也逃不掉；才找得到。　若來：否則。　犯
　　嫌：怪妳。
解：不明瞭所住的地方，就像在海裡撈針找不到，妳這麼說
　　一定是住新店，妳這樣老實說才對。

女唱：

所在給君報了後，
so　zai˩　ga　gun　bə　liau　au˩

你着緊記是心頭，
liˋ　diəh˪　gin　gi˘　di˘　sim˩　tauˊ

等待春茶若挽後，
dan　tai˘　cun˩　deˊ　na˘　van　au˩

我就會轉去阮兜。
quaˋ　ziu˘　e˘　dng　ki　quan　dau

注：挽後：探完之後。　阮兜：我家。

解：住址你要好好的記住吧，春茶探完之後，我就會回家。

男唱：

約束時間若咯位，
iək　sok˪　si˘　gan　na˘　gauˋ　ui˩

就每找娘來做堆，
ziu˘　veh　ce˘　niu˘　lai˘　zəˋ　dui

歌仔今无嘴接嘴，
gua　ah˪　dan　və˘　cui˘　ziap　cui˘

下句男女每分開。
e˘　gu˘　lam˘　luˋ　veh　hun˩　kui

注：到位：到了。　做堆：同居；在一起。

解：一到約定的時間，我就來娶妳。第三、四句是歌者說明
　　男女對唱的結束。

　　　　宋　維　歌　仔　編　即　款　，
　　　　song e gua aₕ bian zit kuan

　　　　提　倡　婚　約　自　由　權　，
　　　　te ciong hun iək zu iu guan

　　　　古　早　教　規　无　習　慣　，
　　　　go za gau gui və siₚ guan

　　　　近　來　改　正　萬　多　端　。
　　　　gin lai gai zing van də duan

注：教規：封建教條的束縛。　　无習慣：不重視現實生活。
解：我姓宋維，編這一條茶園相褒歌，是為提倡婚姻的自由，
　　自古以來封建教條的束縛，到最近已改觀很多了。

　　　　每　日　新　聞　是　於　刊　，
　　　　mui jit sin vun di e kan

　　　　一　年　即　款　數　十　層　，
　　　　zit ni zit kuan so zaₚ zan

　　　　因　為　意　思　未　對　瓣　，
　　　　in ui i su vue dui ban

性ㄒ、命ㄇㄚ˪ 即ㄅㄧㄚ 來ㄌㄞˇ 歸ㄍㄨㄧ˪ 陰ㄧㅁ˪ 間ㄍㄢ 。

sin˪ mia˪ ziaₕ laiˇ gui˪ im˪ gan

注：數十層：幾十件。　意思未對瓣：意見不合。

解：每天報紙都有報導這種因婚姻不自由而發生的悲劇。

為ㄨㄧˇ 着ㄉㄧㅓㄏ˙ 婚ㄏㄨㄣ˪ 姻ㄧㄣ 不ㄇˇ 合ㄍㄚ˪ 意ㄧˇ ，

uiˇ diəhˑ hun˪ in mˇ ga˪ iˇ

性ㄒ、命ㄇㄚ˪ 即ㄅㄧㄚ 來ㄌㄞˇ 歸ㄍㄨㄧ˪ 陰ㄧㅁ˪ 司ㄒ ，

sin˪ mia˪ ziaₕ laiˇ gui˪ im˪ si

一ㄐㄧㄊ˙年ㄋㄧˊ 眞ㄐㄧㄣ˪ 多ㄗㄨㄝ˪ 即ㄐㄧㄊ 款ㄎㄨㄢ 死ㄒ、 ，

ziₜˑ niˇ zin˪ zue˪ ziₜ kuan si˪

有ㄨˇ 看ㄎㄨㄚ˪ 新ㄒㄧㄣ˪ 聞ㄨㄣˊ 就ㄐㄧㄨˇ 知ㄗㄞ 機ㄍㄧ 。

uˇ kuaₙ˪ sin˪ vunˇ ziuˇ zai˪ gi

注：知機：知道。

做ㄗㄜ˙ 人ㄌㄤˇ 世(序)ㄒˇ 大ㄉㄨㄚ˪ 想ㄒㄧㄨㄣ 看ㄎㄨㄚ˪ 味ㄇㄞ˪ ，

zə˪ langˇ siˇ dua˪ siuₙ kuaₙ˪mai˪

維ㄧˇ 新ㄒㄧㄣ 知ㄉㄧ、 識ㄙㄝㄎ˙ 着ㄉㄧㅓㄏ˙ 愛ㄞ 開ㄎㄞ ，

iˇ sin di sekˑ diəhˑ ai˪ kai

今ㄉㄢ 是ㄒˇ 文ㄨㄣˊ 明ㄇㄧㄥˊ 令ㄝˇ 時ㄒˇ 代ㄉㄞ˪ ，

daₙ siˇ vunˇ vingˇ eˇ siˇ dai˪

婚約自由即應該。

hun iək zu iu ziaₕ ing gai

注：序大：長輩。　想看昧：想想看。

解：現在已是文明時代了，大家應當開明一點，對這婚姻的
　　事長輩要替兒女設想才對。

婚約着與自由權，

hun iək diəₕ ho zu iu guan

不通弄出海底宛，

m tang long cuₜ hai de uan

有維父母傷愛管，

u e be vu siuₙ ai guan

香煙即會无人傳。

hiuₙ ian ziaₕ e və lang tuan

注：香煙：香火。

解：婚姻應當建立自由，父母也不應管教得過於嚴格，這樣
　　才不致於有無辜的犧牲，也免於絕後嗣沒有傳宗接代
　　者。

十二、答ㄉㄚㆠ嘴ㄘㄨㄧˋ鼓ㄍㆦˋ
da$_p$　cuiˋ　goˋ

講ㄍㆲ 話ㄨㆤ˪ 仝ㆤˊ 藝ㄍㆤˋ 術ㄙㄨㆵ
gong ue˪　eˇ　qeˇ　su$_t$

甲：講ㄍㆲ 話ㄨㆤ˪ 是ㄒㄧˇ 一ㄐㄧㆷˋ 種ㄐㄧㆲ 藝ㄍㆤˋ 術ㄙㄨㆵ。
　　gong ue˪ siˇ zi$_t$ˋ ziong qeˇ su$_t$

乙：你ㄌㄧˋ 微ㄇㄞˋ（勿）講ㄍㆲ 彼ㄏㄚ 仝ㆤ，　講ㄍㆲ 話ㄨㆤˋ 算ㄙㆭ 什ㄒㄧㆬ 麼ㄇㄧˣ
　　liˋ maiˋ 　gong hia e　 gong ue˪ sng sim mi$_h$
　　藝ㄍㆤˋ 術ㄙㄨㆵ？ 是ㄒㄧˇ 人ㄌㄤˊ 着ㄉㆦˋ 會ㆤˇ 講ㄍㆲ 話ㄨㆤˋ， 除ㄉㄨˋ 了ㄌㄠ
　　qeˇ su$_t$　 siˇ langˊ dəˋ eˇ gong ue˪　 duˇ liau
　　啞ㆤ 口ㄍㄠˋ、 臭ㄘㄠˋ 耳ㄏㄧˋ 聾ㄌㄤˋ 維ㆤ。
　　e gauˋ 　 cauˋ hiˇ langˊ e

甲：你ㄌㄧˋ 即ㄐㄧㆵ 个ㆤ˪ 人ㄌㄤˊ 都ㄉㆦ˪ 无ㆠ˙ 絡ㄍㄚ 賴ㄌㄨㄚˇ 會ㆤˇ 曉ㄏㄧㄠˋ 講ㄍㆲ 話ㄨㆤ˪
　　liˋ zi$_t$ e˪ langˊ də˪ vəˇ ga luaˇ eˇ hiauˋ gong ue˪
乙：我ㄍㄨㄚˋ？ 愛ㄞˋ 要ㄙㆭ 笑ㄘㄧㄜˋ！ 我ㄍㄨㄚˋ 未ㄅㄨㆤˋ 曉ㄏㄧㄠˋ 講ㄍㆲ 話ㄨㆤ˪？
　　quaˋ 　 aiˋ sng ciəˇ$_h$ 　 quaˋ vueˇ hiauˋ gong ue˪

與 逐 个 看 ！ 與 逐 个 聽 ！ 與 逐
ho dak$_k$ e kua ! ho dak$_k$ e tia$_n$! ho dak$_k$

个 評 評 理 ！ 我 是 會 曉 抑 未 曉
e ping ping li ! qua si e hiau a$_h$ vue hiau

講 話 ？
gong ue

甲： 我 不 是 迄 个 意 思 ， 我 是 講 你
qua m si hit e i su qua si gong li

定 定 講 彼 令 个 不 搭 不 膝 、 五 四
dia$_n$ dia$_n$ gong hia e but$_t$ dap bu$_t$ cit$_t$ qo si

三 令 話 。
sa$_n$ e ue

乙： 敢 得 阿 里 不 達 咧 ！ 不 搭 不 膝 、
ga$_n$ de$_k$ a li but$_t$ dat$_t$ le$_h$ but$_t$ dap bu$_t$ cit$_t$

五 四 三 ， 你 上 勢 落 下 頦 。
qo si sa$_n$ li siong qau lau e hai

甲： 我 令 意 思 是 ， 有 時 陣 是 人 面
qua e i su si u si zun di lang vin

頭 前 講 話 應 該 先 考 慮 考 慮 安
tau zing gong ue ing gai sing ko lu ko lu an

怎 講 ， 不 好 亂 講 。 你 敢 未 記
zua$_n$ gong m ho luan gong li gam vue gi

令？　頂擺有一个朋友給人兒
e　　　ding`bai`　u`　zit　e　bing´iu`　ga　qin　ah

作度晬，　你去賀喜。　別人攏
zə`　do`　ze`　　li`　ki　hə`　hi`　　bat`　lang´　long

阿那即个人兒賴秀、賴古錐，
ə　lə　zit　e　qin　ah　lua´　sui`　lua´　go　zui

簡若一蕊花，　你着講即个人
gan　na　zit　lui　hue　　li`　də`　gong　zit　e　qin

兒生做成鄙，　食大漢嫁儅出
ah　sin　zue`　zian`　vai`　　ziah　dua´　han`　ge`　vue`　cut

去。　遂與人趕出來，　有即令
kih　　suah　ho　lang´　guan`　cut　laih　　u`　zit　e

代誌无？
dai`　zi`　və´

乙：迄个人兒實在真鄙(瘖)。
hit　e　qin　ah　sit`　zail　zin　vai`

甲：你這叫做未曉講話。　你想看
li`　ze　giəh　zə`　vue`　hiau`　gong　ue　　li`　siun　kuan`

味，　人是鬧熱令日子，　人客
mai　　lang´　di　nau`　jiat　e　jit　zi`　　lang´　keh

赫尔多，　你串講彼令无中意
hiah　ni´　zue　　li`　cuan`　gong`hia　e　və´　ding`i`

人 聽 令 話 。

lang　tia_n　e　ue

乙：安 爾 我 每 安 怎 講 ？　我 總 未 使

an　ni　qua　ve_h　an　zua_n　gong　　qua　zong　vue　sai

心 肝 掠 坦 橫 ，　講 迄 个 人 兒 生

sim　gua_n　lia　tan　huai_n　　gong　hi_t　e　qin　a_h　si_n

做 合 仙 女 仝 款 赫 爾 秀 。

zue　ga_h　sian　lu　gang　kuan　hia_h　ni　sui

甲：當 然 麼 未 使 講 假 話 。　你 應 該

dong　jian　ma　vue　sai　gong　ge　ue　　li　ing　gai

講 ： 即 个 人 兒 …… 噯 ！　即 个 人

gong　　zi_t　e　qin　a_h　ai_h　　zi_t　e　qin

兒 …… 乎 ！　即 个 人 兒 …… 生 做 眞

a_h　　ho_n　　zi_t　e　qin　a_h　si_n　zue　zin

結 實 啊 ！　抑 是 講 即 个 人 兒 眼

ge_t　si_t　a_h　　a　si　gong　zi_t　e　qin　a_h　qan

神 成 活 !

sin　zia_n　ua_h

乙：好 啊 !　你 這 着 號 做 會 曉 講 話

hə　a_h　　li　ze　diə_h　hə　zə　e　hiau　gong　ue

噢 。

o_h

甲：不管安怎講，　你去朋友兜，
　　m̀ guan an zuan gong̀　li̇ ki bing̀ iu̇ dau
　　人无合意聽令，你上好微講。
　　lang̀ vò ga i tian e　li̇ siong hò mai̇ gong̀
乙：我那會知影，人合意聽什麼？
　　quȧ na è zaiᴸ iȧn　lang̀ gà i tianᴸ sim mih
　　无合意聽什麼？
　　vò gà i tianᴸ sim mih
甲：所以你着愛好好仔向我學啊！
　　so i li̇ dò ai̇ hò hò a hiong qua əh ah
乙：噢！你攏知影。
　　oh̬　li̇ long zaiᴸ iȧn
甲：麼不敢講攏知，總是知影比
　　mȧ m̀ gan gong long zaiᴸ　zong si̇ zaiᴸ ian bi
　　你加多。
　　li̇ kah zueᴸ
乙：你是安怎知令？
　　li̇ si̇ an zuan zai e
甲：我麼是慢慢仔學來令，舊年
　　quȧ mȧ si̇ vaṅ vaṅ a əh laih̬ eh̬　gu̇ ni̇
　　正月，我去一个朋友恁兜拜
　　ziah̬ queh̬　qua ki zi̬t ė bing̀ iu̇ inᴸ dau bai̇

年，　　迄日落大雨、路却滑，我
ni'　　　hit jit lə' dua' ho lo gəh gut qua

摔幾若倒、即找着朋友。　　一下
siak gui na' də' ziah ce' diəh bing' iu　　zit' e'

入門，　我講一句："即號鬼仔
jip' mng'　qua' gong zit' gu'　　zit hə gui a

天"，我令朋友一下聽着，　　搣
tin　qua' e' bing' iu zit' e' tian diəh　　te'

出手巾仔着是我令嘴，　　拭一
cut ciu gun' ah' də' di qua' e' cui'　　cit' zit'

下拭一下。
eh' cit' zit' eh'

乙：這是什麼意思？
ze si' sim mih i' su'

甲：迄當陣我麼无了解啊！　我更
hit dang zun qua' ma' və' liau gai' a'　　qua gəh

講一句"天氣佫冷，我寒佫每
gong zit' gu'　tin ki' ziah ling' qua guan' ga veh

死。"伊抵即手巾仔弄於橐袋
si'　i' du ziah ciu gun' ah' kng' e' lak de'

仔內，　一下聽着，　趕緊更搣
a lai　zit' e' tian diəh　guan gin gəh the

出來，　　是我令嘴拭了更拭，
cuᵗ laiₕ　　di qua e cuiᴸ ciᵗ liau gəₕ ciᵗ

我迄當陣，　　料準是恁是過年
qua hiₜ dangᴸ zunᴸ　　liau zun si inᴸ di ge ni

令禮數，　　事後一下探聽即知
e le so　　su auᴸ ziᵗ e tam tiaₙ ziaₕ zaiᴸ

影，　　根本不是即款代誌。
iaₙ　　gunᴸ bun m si ziₜ kuan dai zi

乙：（用手巾仔拭嘴令動作）安爾是什麼意思？
　　　　　　　　　　an ni si sim miₕ i su

甲：恁過年无愛聽"死仔"、"鬼仔"
in ge ni və ai tiaₙᴸ si aᴸ　gui aₕᵇ

僑（茲令）无吉利令話，　用手
ziae zia eᴸ　　və geₜ liᴸ e ueᴸ　　ing ciu

巾仔給我拭嘴，　是為着消災
gun aₕ ga qua ciₜ cuiᴸ　　si ui diəₕᵇ siau zai

改厄，　伊掃手巾仔，　非是客
gai eₕᵇ　　iᴸ te ciu gun aₕᵇ　　he si keₕ

氣，　按照老規矩，　應該用衛
ki　　an ziau lau gui gu　　ing gaiᴸ ing ue

生紙。
singᴸ zua

乙：啊！將你令嘴當作……哈哈哈！
a　　ziong li　e　cui　dong zə　　　　ha　ha　ha
看起來，　　是別人兜講話亦眞
kuan ki　laih　　　di　bat lang dau gong ue　ia　zin
着愛注意。
diəh　ai　zu　i

甲：有一點你特別愛注意，　　台北
u　zit　diam li　dek bet　ai　zu　i　　　　dai bak
人茨內若有人過身去，　　你千
lang cu　lai　na　u　lang ge　sin kih　　　li　cian
萬不好當人令面講 "死"即
van　m　hə　dang lang e　vin　gong　si　zit
字。
ji

乙：安尔應該講什麼？
an　ni　ing gai　gong sim　mih

甲：你應該講 "老去啊"、"過身
li　ing gai　gong　lau　ki　ah　　　　ge　sin
啊"。
a

乙：噢！講 "老去啊"、"過身啊"着
oh　　gong　lau　ki　ah　　　　ge　sin　a　diəh

是ㄒㄧˇ死ㄒㄧˋ去ㄎㄧˋ令ㄝˋ意ㄧˋ思ㄙㄨ˙？
si si kih e i su

甲：着ㄉㄧㄛˋ！
dioh

乙：這ㄗㄝ！　你ㄌㄧˋ是ㄒㄧˇ安ㄢ怎ㄗㄨㄚˋ知ㄗㄞ令ㄝˋ？
ze　　　li si an zuan zai e

甲：噯ㄞˋ！着ㄉㄜˋ因ㄧㄣˋ為ㄨㄧˋ以ㄧ前ㄐㄧㄥˊ不ㄇˋ知ㄗㄞ影ㄧㄚˋ，我ㄍㄨㄚˋ即ㄐㄧㄚˋ
aih　dəl in ui i zing m zai ian　qua ziah
惹ㄖㄚ一ㄐㄧㄊ个ㄝˋ眞ㄗㄧㄣˋ礙ㄑㄞˋ虐ㄑㄧㄜˋ令ㄝˋ代ㄉㄞˋ誌ㄐㄧˋ出ㄘㄨㄊˋ來ㄌㄞˋ。
jia zit e zin qai qiə e dai zi cut laih

乙：你ㄌㄧˋ惹ㄖㄚ什ㄒㄧㄇ麼ㄇㄧˋ礙ㄑㄞˋ虐ㄑㄧㄜˋ令ㄝˋ代ㄉㄞˋ誌ㄐㄧˋ啦ㄌㄚˋ？
li jia sim mih qai qiə e dai zi lah

甲：迄ㄏㄧㄊ工ㄍㄤ，　我ㄍㄨㄚˋ去ㄎㄧ一ㄐㄧㄊ个ㄝˋ同ㄉㄨㄥˋ窗ㄘㄥ兜ㄉㄠ，　即ㄐㄧㄊ
hit gang　　qua ki zit e dong cong dau　　zit
个ㄝˋ同ㄉㄨㄥˋ窗ㄘㄥ因ㄧㄣˋ為ㄨㄧˋ恁ㄌㄧㄣˋ老ㄌㄠˋ父ㄅㄝˋ病ㄅㄧㄣˋ成ㄗㄧㄚˋ重ㄉㄤˋ，
el　dong cong in ui int lau bel bin zian dang
有ㄨˋ幾ㄍㄨㄧ若ㄋㄚˋ工ㄍㄤ无ㄨㄛˋ去ㄎㄧ學ㄏㄚˋ校ㄏㄠˋ上ㄒㄧㄛㄥ課ㄎㄜˋ，　我ㄍㄨㄚˋ
u gui na gang və ki hak hau siong kə　　qua
想ㄒㄧㄨ去ㄎㄧ找ㄘㄝˋ伊ㄧ看ㄎㄨㄢ看ㄎㄨㄢˋ咧ㄌㄝˋ。一ㄐㄧㄊ下ㄝˋ入ㄌㄧㄅˋ門ㄇㄥˊ，
siun ki cel il kuan kuan leh　zit e lip mng
我ㄍㄨㄚˋ成ㄗㄧㄚˋ關ㄍㄨㄢˋ心ㄒㄧㄇ是ㄉㄧ問ㄇㄥˋ講ㄍㄥ：“您ㄌㄧㄣ老ㄌㄠˋ父ㄅㄝˋ有ㄨˋ
qua zian guan sim di mng gong　　　lin lau bel u

加好 勢 无 ？" 我 令 同 窗 吐 一 个
kah hə se və　　qua e dong cong toh zit e

大 氣 講 : "老 去 啊 。"
dua kui gong　　lau ki ah

乙：恁 老 父 已 經 死 去 啊 ！
　　in lau be i ging si ki ah

甲：我 迄 陣 不 別 啊 , 我 更 給 伊 講 :
　　qua hit zun m bat a　　qua gəh ga i gong

"是 啊 ！人 老 加 容 易 破 病 , 你
si a　　lang lau kah iong i pua bin　　li

着 愛 好 好 仔 給 照 顧 。 您 老 父
diəh ai hə hə a ga ziau go　　lin lau be

即 陣 是 病 院 抑 是 是 茨 令 ？" 我
zit zun di bin in a si di cu e　　qua

令 同 窗 一 下 聽 , 着 知 影 我 猶
e dong cong zit e tian　　də zai ian qua iau

无 了 解 , 更 給 我 講 一 句 : "阮
və liau gai　　gəh ga qua gong zit gu　　qun

老 父 昨 暗 過 身 去 啊 。"
lau be za am ge sin kih ah

乙：給 你 講 恁 老 父 是 昨 暗 去 世 啊 ！
　　ga li gong in lau be di za am ki se ah

甲：我猶无了解啊！　　我却問："過
　　qua` iau və liau gai` a　　qua` gəh mng ge`

　　身去？　去底位？"　同窗看我猶
　　sin kih ki də ui　　dong cong kuan qua` iau

　　未聽別，　着做了目珠瞌令動
　　ve tian bat　　də zə` liau vak ziu kueh e dong

　　作。"噢！伊睏去啊！"　同窗更
　　zək　　oh　i kun ki` ah　　dong cong gəh

　　做一个姿勢，即擺我即了解。
　　zə` zit e zu se　　zit bai` qua` ziah liau gai`

　　"什麼？伊死啊！"阮同窗氣佫
　　sim mih i si` ah　　qun` dong cong ki` ga

　　目屎遂和出來。　尾後一直氣
　　vak sai` suah gə cut laih　　ve au it dit ki`

　　我，　講我眞未曉講話。
　　qua`　　gong qua zin vue hiau` gong ue

乙：聽你安尔講，　講話亦眞着愛
　　tian li` an ni gong`　　gong ue ia zin diəh ai`

　　學問，　有聞我着愛向你請教
　　hak vun　　u ing` qua` diəh ai` hiong li` cing gau`

　　請教，　學習學習令。
　　cing gau　　hak sip hak sip eh

甲：你 着 好 好 仔 向 我 學 令。
　　li̒　də̌　hə̄　hə̄　a　hiong　qua　əh　ehᵇ

乙：你 看！　阿 那 你 兩 句 仔 尔 尔，
　　li̒　kuaₙ̌　əᴸ　lə　li̒　nnǧ　gǔ　a̒　niaᴸ　nia

　　你 着 尾 脽 強 每 翹 起 來，　你 即
　　li̒　də̌　ve　zui　giong　veh　kiau̒　ki̒　lai̒　li̒　ziₜ

　　支 王 禄 仔 嘴，　講 話 鬍 縷 縷。
　　giᴸ　ong　lokᵇ　ahᵇ　cuiᴸ　gong　ueᴸ　ho̒　lui̒　lui̒

甲：我 講 實 在 令，　你 遂 講 我 勢 歉
　　qua̒　gong　sitᵇ　zaiᴸ　e　li̒　suah　gong　qua̒　qau̒　buň

　　雞 龜(胃)，　你 眞 无 意 思。
　　geᴸ　gui　li̒　zinᴸ　və̌　i̓　sǔ

乙：伯 好 朋 友，講 笑 令 啦，你 微 (勿)
　　lan̒　hə̄　binǧ　iu̒　gong　ciə̒　e̓　la̒　li̒　mai̒

　　受 氣，　我 會 找 時 間 合 你 學。
　　siu̒　ki̒　qua̒　e̓　ce̒　si̓　gan　gah　li　əh

注：

不襯不膝：不倫不類。　五四三：不相關；聽者厭煩對談話
者所說出的話。　阿里不達：與不襯不膝類似，在第一冊已
說明過。　落下頦：落下巴，對會說話者戲謔的話。　度晬：
小孩週歲。　阿那：讚美。　賴古錐：多麼可愛。　成鄙：

很醜。　看味：看看。　串講：專說。　心肝掠坦橫：狠下心腸。　兜：家。　橐袋仔：口袋。　料準：以爲。　非：那。　礙虐：尷尬。　和出來：滾出來。　尾脽強要翹：得意，或神氣起來。　王祿仔：江湖術士。　鬍縷縷：胡說八道。　歕雞胿：吹牛。　胿：人叫ㄗㄟ動物叫ㄍㄨㄟ。

國家圖書館出版品預行編目資料

閩南語教材(二)

／吳傳吉編著. --初版. --臺北市：
臺灣學生，1997[民86]
　冊，　公分

ISBN 957-15-0878-0 (第二冊：平裝)

1.閩南語

802.5232　　　　　　　　　　　　　86011108

閩　南　語　教　材　(二)

編 著 者：吳　　　傳　　　吉
出 版 者：臺　灣　學　生　書　局
發 行 人：孫　　　善　　　治
發 行 所：臺　灣　學　生　書　局
　　　　　臺 北 市 和 平 東 路 一 段 一 九 八 號
　　　　　郵 政 劃 撥 帳 號 ○ ○ ○ 二 四 六 六 八 號
　　　　　電　話：二 三 六 三 四 一 五 六
　　　　　傳　眞：二 三 六 三 六 三 三 四
本書局登
記證字號：行政院新聞局局版北市業字第玖捌壹號
印刷所：宏 輝 彩 色 印 刷 公 司
　　　　　地 址：中 和 市 永 和 路 三 六 三 巷 四 二 號
　　　　　電 話：二 二 二 六 八 八 五 三

定價平裝新臺幣二五○元

西 元 一 九 九 八 年 六 月 初 版

80276　　版權所有‧翻印必究
ISBN 957-15-0878-0（平裝）